걸어가자 아시아
처음 약속한 나를 데리고

걸어가자 아시아

처음 약속한 나를 데리고

노동효 글·사진

PROLOGUE

낯선 길 꿈꾸지 않았더라면
길을 잘못 들지 않았더라면
가던 도중에 포기했더라면
당신을 만나지 못했더라면
닿지 못했을 세계의 끝,
그들의 웃음과 미소가
아시아에 있었습니다.

같은 강물에 두 번
발 담글 수 없기에
내가 걸어간 아시아의 모든 길이
그 길의 마지막 모습이었는지도 모릅니다.

매 순간 사라져 가는 것을 알기에, 슬프고
마지막 모습을 보았기에, 기뻤던 아시아.

걷는 동안 만났던 길들이
나의 연인이었습니다.
나의 사랑이었습니다.
나의 종교였습니다.
나의 가장 소중한 것,
그대를 위해서라면 순교해도 좋을,
오, 마이 로드(Lord, Road, 道)
이층 버스든, 미니버스든, 썽떼우든
길을 오가는 탈것에 깃들 때도
당신을 가까이 영접하기 위해
늘 맨 앞자리(Seat)를 고집했지요.

세계의 기차와 버스와 썽떼우와 툭툭과
모든 장거리 이동 차량은 나의 성전(Holy Temple),
모든 운전수는 성전의 사제(Priest)였습니다.

나는 오래되어 낡고 덜컹거리는 성전에서
내 영혼을 천국으로 이끄는 사제 옆에 앉아
그가 틀어놓은 찬송가(Hymn)를 들었습니다.

어떨 땐 환희의 절정에 이르는 바람에
"와우!", "하아!", "우와!", "야호!" 같은
외마디 방언을 터트리기도 하면서

그럴 때면 언제나
바람 구두를 신었던 시인[1]의 휘파람이 귓가에
혁명 성공 후에도 게릴라로 떠돌던 사내[2]의 시가 향이 코끝에
내려앉곤 했어요.

'와우! 하아! 우와!'를 해독하면 이런 의미였겠죠.
'지금 죽어도 여한이 없어!'

나의 연인,
나의 사랑,
나의 종교,
나의 가장 소중한 것….
당신에게 내가 걸었던 아시아의 길을 보냅니다.

1 아르튀르 랭보
2 체 게바라

CONTENTS

VIENG XAI

라오스
비엥싸이

LAOS

우리가 깜박 잊어버린 목적지

라오스가 태국, 베트남과 더불어 한국인이 즐겨 찾는 동남아 여행지가 된 지도 꽤 오랜 시간이 지났다.

한때 배낭여행자들의 천국으로 불리던 '방비엥'은 어느새 고급 호텔, 리조트, 투어 프로그램이 가득 들어찬 관광지가 되었고, 유네스코 세계문화유산의 도시 '루앙프라방'은 탁발 행렬로 유명한 여행자 명소가 되었다.

라오스 관광을 대표하는 바비엥과 루앙프라방 외에도 메콩강에 흩뿌려진 4,000개 섬들로 유명한 '시판 돈', 고대 크메르 유적을 만날 수 있는 '참파삭' 등 라오스로 향하는 여행자의 발길은 오늘도 끊이지 않는다. 나는 라오스 관광지와 명소들도 방문했지만 전형적인 라오스 여행지를 벗어나 작은 도시나 외딴 지역들도 돌아다녔다. 베트남과 접경한 도시 비엥싸이 역시 여행자의 발길이 거의 닿지 않는 외진 곳이었다.

간혹 비엥싸이를 다녀갔다는 외국인 여행자들의 소식을 온라인에서 접합 수 있는데, 그들이 비엥싸이를 방문한 주된 이유는 '숨겨진 도시' 이기 때문이다.

인도차이나 반도를 식민 지배했던 프랑스가 철수한 뒤 1960년대 라오스는 공산주의자와 미국이 충돌하는 '비밀전쟁'의 전장이 되었다. 북베트남은 '호찌민 트레일'을 통해 라오스 공산당에 군수 물자를 지원했고, 미국은 인류 역사상 최대 규모인 200만 톤 이상의 폭탄을 라오스에 쏟아부었다. 총 58만 회, 8분에 한 번꼴로 폭격하는 수준이었다.

엄청난 양의 폭격을 피해 라오스 공산당은 밀림 속 석회암 동굴에 도시를 만들었다. 480개에 달하는 동굴을 내부 통로로 이었고, 그곳에 2만 3,000명이 거주했으며, 체류 기간은 10년에 달했다. 미국이 베트남에서 철수하고 2년 뒤 라오인민민주주의공화국(라오스)이 탄생했다. 비엥싸이는 '승리의 도시'란 뜻이다.

우리 일행은 수파누봉, 카이손, 칸타이 등 라오스 임시징부 지도사 이름을 딴 동굴들을 탐방하고 돌아와 호숫가 레스토랑에 앉았다. 숨겨진 도시가 아니더라도 이 지역이 유명 관광지가 되지 않은 게 의아할 정도로 아름다운 풍광이었다.

커피를 마시며 호수 건너편을 물끄러미 바라보는데 울창한 숲 사이로 샛노란 실오라기 하나가 보였다. 나는 가느다란 황톳길에

Vieng Xai

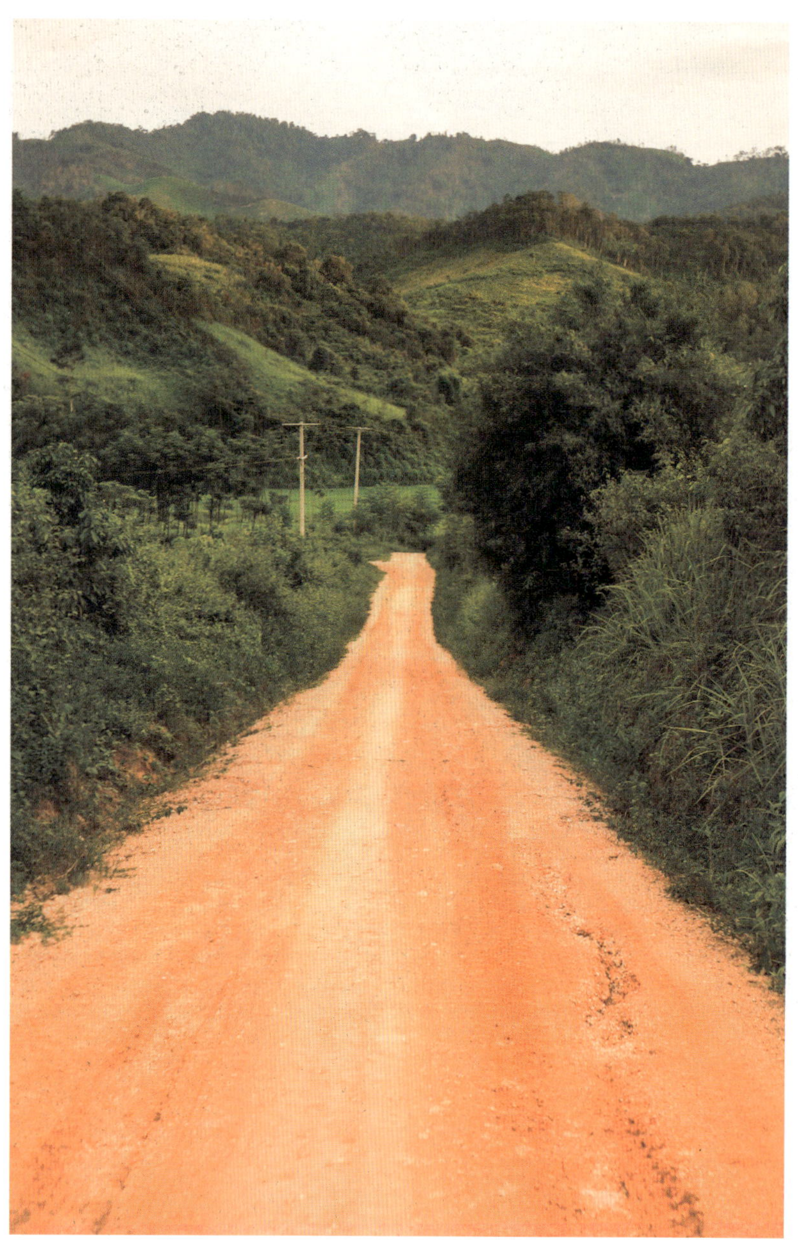

서 뿜어져 나오는 '로드 페로몬 Road Pheromone'을 맡았다. 이성을 유혹하는 호르몬처럼 '여행자를 유혹하는 길의 체취'를 일컫는 나만의 신조어다. "우리 저 길로 들어가 보면 어떨까?" 손가락을 들어 방향을 가리키자 동행했던 사진가 오동준이 고개를 끄덕였다. 오토바이 시동을 걸었다. 부르릉.

어디서 잠을 자야 할지, 어디서 밥을 먹을지, 길 끝에 무엇이 있을지 알 수 없었지만, 그 불확실성이 심장을 뛰게 했다. 아무런 계획도 없었지만 알고 있었다. 세상 어느 곳이든 길이 뻗어 있는 곳엔 사람이 산다.

언덕을 오르자 먼저 소수 부족인 몽족 마을이 나타났다. 주민들이 길 끝까지 가면 또 다른 마을이 나온다고 했다. 얼마나 가야 길 끝에 닿을까?

해발 1,000미터가 넘는 고개를 넘고, 또 넘었다. 오토바이를 탔지만 길을 지나는 동안 루시드 폴의 〈걸어가자〉 노랫말이 머릿속에서 반복 재생되었다.

걸어가자 모두 버려도
나를 데리고 가자
후회 없이
다시 이렇게
나를 데리고 가자

마침내 닿았다. 카무족이 사는 외딴 마을. 먼저 어린아이들이 몰려들었다. 어린아이들의 웅성거림에 어른들도 하나둘 모여들었다. 이 마을이 길의 끝인지, 더 가면 또 다른 마을이 있는지 알아내려 했지만, 말이 전혀 통하지 않았다. 공식 라오스어가 아닌 자신의 부족어를 쏟아내는 원주민들 사이로 한 청년이 비집고 나오며 물었다.

"멘냥?(무슨 일이요?)"
"라오어를 하는군요! 이 마을이 길의 끝인가요?"
"10킬로미터 정도 가면 마을이 하나 더 있어요."
"그곳엔 어떤 부족이 살죠?"
"라후족이 살아요. 당신들은 어디서 왔어요?"
"한국인입니다."
"이방인이 우리 마을에 온 건 처음인데요…."

곁에서 대화를 듣던 주민들이 앞다퉈 청년에게 물었다. 청년이 이방인과 무슨 말을 주고받았는지 궁금한 모양이었다. 청년이 통역을 끝내자 백발의 노인이 고개를 휘저으며 무슨 말을 했는데 알아들을 수 없었다. 이번엔 우리가 청년에게 통역을 부탁했다. 돌아온 대답은 이랬다.

"저들이 처음은 아냐. 30년 전이었던가? 노란 머리카락의 이방인이 찾아온 적이 한 번 있었어."

우리는 고민에 빠졌다. 외딴 오지에 사는 원주민의 거리 감각이 실제 거리와 다를 때가 많다는 걸 우린 알고 있었다. 10킬로미터라고 해서 막상 가보면 5킬로미터보다 적기도 했고, 30킬로미터로 늘기도 했으니까. 아무튼 이 마을에서 가던 길을 멈추기엔 아직 해가 많이 남아 있었다. 다시 시동을 걸었다.

카무족 마을을 지나쳐 가도가도 마을이 나오지 않았다. 원주민들이 알려준 10킬로미터는 이미 훌쩍 지난 지 오래. 해 저문 산속에서 오도 가도 못하는 신세가 되는 건 아닐까. 루시드 폴의 노랫말이 환청처럼 다시 머릿속을 휘저었다.

세상이 어두워질 때

기억조차 없을 때

두려움에 떨릴 때

눈물이 날 부를 때

누구 하나 보이지 않을 때

내 심장 소리 하나 따라

걸어가자, 걸어가자

날이 완전히 캄캄해지기 직전에야 마을이 모습을 드러냈다. 반가운 마음에 첫 집부터 바로 들어섰다. 그런데 마당의 분위기가 심상찮았다. 다 큰 사내 둘이 소뿔을 허공에 던지고, 외발로 뜀뛰기를 하고…. 이게 대체 무슨 상황이지?

어리둥절해 있는데 다른 사내가 다가왔다. 라오어로 "무슨 일이냐?"고 했다. 언어가 통하니 천만다행이었다.

"우린 한국에서 온 여행자인데 하룻밤 재워줄 수 있나요?"
"오호, 이런 행운이 다 있나!"
"······???"
"오늘은 우리 집에 복을 불러들이는 날입니다. 무당이 집마다 돌며 복을 빌어주는데 우리 집 차례죠. 멀리서 이렇게 귀한 손님까지 찾아왔으니 더없이 좋은 징조군요. 잔치에 쓰려고 돼지도 잡았는데 우리 집에서 자고 가세요. 얘들아, 두 분 잠자리를 준비해 드리렴."

여인숙조차 없는 낯선 마을에서 잠잘 곳이 생긴 것만 해도 다행이고, 먹거리 귀한 산골에선 찬밥에 푸성귀 상차림만으로도 감지덕지인데 돼지까지 잡은 잔칫상이라니! 운 좋기는 우리도 마찬가지였다. 집주인의 딸들이 마련해준 방에 배낭을 내려놓고 얼른 밖으로 나왔다. 마당에서 벌어지는 풍경이 궁금했기 때문이다.

박수무당이 소뿔을 던지고 뜀뛰기를 하고, 해괴한 동작을 바라보며 카메라를 켰다. 근데 이상했다. 조금 전까지 멀쩡했던 카메라가 작동하지 않았다. 뷰파인더엔 어떤 상도 맺히지 않았다.

결국 눈으로 본 장면을 말로 전할 수밖에 없는데…. 라후족 박수무당은 뜻 모를 주문을 외며 소뿔 두 짝을 세로로 잘라서 만든 네 개의 토막을 바닥에 던진 후, 소뿔이 바로 눕고 거꾸로 누운 괘를 본 후, 그에 맞춰 외발뛰기와 두 발 뛰기를 했다. 주술이라기엔 놀이 같고, 생경하면서도 익숙한 광경이기도 했다.

이걸 어디서 봤더라? 아하! 소뿔 가운데를 세로로 반듯하게 쪼개서 만든 네 토막은 윷의 변형! 그리고 외발뛰기와 두 발 뛰기, 그리고 바닥에 그려진 무늬는 사방치기와 흡사했다.

곧 해가 완전히 저물었다. 박수무당은 횃불을 들고 집 구석구석 어두운 곳을 찾아다니며 불을 비췄다. 심지어 마당에 박힌 작은 돌멩이까지 뒤집어 횃불을 들이대고 주문을 외웠다. 잡귀가 그 돌멩이 아래 숨어 있기라도 한 듯.

Vieng Xai

인근 마을 주민이 모여들면서 잔치가 시작되었다. 집주인은 그날 잡은 돼지로 찾아온 손님들을 대접했다. 주민들은 술잔을 채워 연신 내게 권했다. 쌀을 주원료로 해서 만든 증류주, 소주의 일종이었다. 내가 독한 술을 들이켠 후 코를 잔뜩 찡그리자 사람들이 웃음을 터트렸다. 말은 통하지 않았지만 떠들고 웃었다. 비록 언어가 통하진 않았지만, 같은 인간이라는 이유만으로 반갑고 바라보는 것만으로도 즐거웠으니까.

다음 날 아침, 지난밤 내 곁에서 술잔을 건네던 서른 중반의 라후족 사내가 찾아왔다. 집안 대대로 내려온 가보가 있는데 용도를 모른다며, 와서 한번 봐달라는 것이었다. 비탈 위 사내 집으로 갔다. 그는 비단 보자기 속에서 한 권의 책을 꺼내놓았다.

나는 낱장을 차례차례 넘겼다. 한자로 쓰인 책이었다. 나의 변변찮은 천자문 수준으론 읽을 수 없었다. 그런데 책장을 넘기며 글자들을 가만 보니 반복되는 한자가 있었다. 아들 자(子), 족보구나!

"이 책은 당신 아버지의 아버지의 아버지부터 세대를 거듭하며 자손 이름을 새겨놓은 겁니다. 당신 집안의 역사지요."

소중히 간직해 온 가보의 용도를 드디어 알게 된 사내는 그제야 함박웃음을 지었다. 기뻐하는 사내를 뒤로하고 비탈을 내려왔다. 내려오다가 뒤를 돌아보았다. 툇마루에 앉은 사내가 족보의 낱장을 한 장, 한 장 들추며 골똘히 내려다보고 있었다. 그에겐 해독할

수 없는 문자였지만 무언가가 사내를 지나가고 있는 듯했다.

　라후족 마을을 지나 길의 끝에 있는 또 다른 카무족 마을까지 갔다가 도시로 되돌아가기로 했던 날이었다. 도중에 비가 내리기 시작했다. 황톳길이 젖어 온통 진창으로 변했다. 눈이 쌓인 길보다 더 미끄러웠다. 결국 내리막에서 오토바이가 미끄러졌다.

　진창 위에 쓰러진 오토바이 곁에 서서 하늘을 올려다보았다. 무성한 댓잎 사이로 짙은 먹구름이 보였다. 날은 어두워지고 빗방울은 점점 굵어졌다. 오토바이에 올라탄 채 비탈길을 내려가는 건 무리였다. 대숲에 오토바이를 숨기고 잘 곳을 찾기로 했다.

　1시간가량 걸어 속옷까지 흠뻑 젖고서야 몽족 마을에 닿았다. 불

켜진 집 대문을 무작정 두드렸다. 젊은 부부와 세 아이가 사는 오두막이었다. 이번에도 말이 통하지 않았다. 우리가 처한 상황을 손짓, 발짓 섞어가며 설명했다. 남편이 그런 우리 모습을 보며 연신 웃음을 지었다. 불청객이 성가시긴커녕 닥친 상황이 재밌기만 한 모양이었다. 우리의 젖은 몰골을 보고 남편이 갈아입으라며 자신의 옷가지를 건네주었다.

마른 옷으로 갈아입고 불가에서 몸을 녹였다. 뱃속에서 연신 꼬르륵 소리가 터져 나왔다. 그러자 부인이 '배가 고프냐?'고 손짓으로 물었다. 고개를 끄덕였다. 부인이 화덕에 밥을 안쳤고 남편이 닭장에서 닭을 꺼내 요리하기 시작했다. 그 모습을 보노라니 술도 고팠다. 염치 불고하고 술이 있냐고 손짓과 표정으로 물었다. 남편이 옆집에서 술을 구해왔다.

그렇게 아무 연고도 없는, 허름한 헛간 같은, 그러나 너무나 아늑했던 오두막에서 하루를 묵었다. 비는 다음 날 정오가 되어서야 그쳤다.

오지 마을에 깃들어 잠자리를 청할 때, 집주인에게 사례를 하겠다고 미리 얘기하진 않는다. 대가를 바라지 않은 채 베푸는 사람들의 환대를 고스란히 받고 싶었기 때문이다. 대신 작별할 때 최연장자, 주로 할머니에게 다가가 약간의 돈을 건네곤 한다. 그들은 나그네에게 잠자리와 음식을 베푸는 건 당연해서 돈을 받을 수 없다고 손사래를 친다. 그럴 때면 '저희 대신 손자들에게 맛있는 걸 사 주

세요'라고 손짓과 표정으로 말을 전한다. 그러면 웃으며 돈을 받아
주었다.

　이제 돌아섰다. 외딴 오지 마을을 떠나 도시로 돌아갈 시간. 너와
나, 좌와 우, 진보와 보수, 쪼개고 쪼개서 너와 내 생각이 다르다며
싸우는 세계로. 시동을 거는데 질문 하나가 따라왔다. 그 모든 다툼
을 통해 인류가 닿으려 하는 목적지란 '인간이라는 이유만으로 반
가운 바로 이 세계'가 아니던가? 우리는 쪼개고 쪼개서 다투다가,
깜박 목적지를 잊어버린 게 아닐까? 질문이 가지를 치는 동안 먹구
름장 사이로 쨍쨍한 해가 나왔다. 오토바이 엔진음 위로 루시드 폴

의 노래가 내려앉았다.

걸어가자 처음 약속한
나를 데리고 가자
서두르지 말고 이렇게
나를 데리고 가자
걸어가자 모두 버려도
나를 데리고 가자
후회 없이 다시 이렇게
나를 데리고 가자

PHONSALI, LUANG PRABANG

라오스
퐁살리, 루앙프라방
LAOS

우강을 따라 써 내려간 현대 묵시록

이것이 끝이야, 아름다운 친구여
이것이 끝이야, 내 유일한 친구여

도어즈의 짐 모리슨이 부르는 〈The End〉가 배경음악으로 깔리는 동안 뿌연 먼지가 일고, 울창한 야자나무 숲 위로 헬기 부대가 지나고, 주홍빛 네이팜탄이 터지며 불덩이가 뭉게뭉게 피어오른다. 헬리콥터 프로펠러 소리와 선풍기가 빙글빙글 도는 장면이 오버랩 된다.

라오스 퐁살리의 게스트하우스 침대에 드러누운 채 실링 팬(ceiling fan) 도는 모습을 바라보며 영화 〈지옥의 묵시록 Apocalypse Now〉 오프닝 장면을 떠올리는데, 사진가 오동준이 소리쳤다.

"형, 서둘러! 오늘 아침 배를 타려면 9시까진 선착장으로 가야 돼!"

침대에서 벌떡 일어나는데 번쩍하고 짐 모리슨의 가사에서 '친구'는 '지구'를 뜻하는지도 모르겠다고 생각했다.

우리는 남 우(Nam Ou. 라오어로 '남'은 강을 뜻한다), 즉 우강을 종주할 작정이었다. 중국 윈난성과 인접한 라오스 퐁살리주에서 발원한 우강은 448킬로미터를 흘러 라오스 옛 수도 루앙프라방 인근에서 메콩강과 합수한다. 루앙프라방까진 스피드 보트로 2일, 슬로 보트론 3일이 걸린다.

라오스의 우강을 종주하기로 한 건 순전히 영화 〈지옥의 묵시록〉 때문이었다. 베트남전을 배경으로 한 영화에서 주인공 윌라드 대위(마틴 쉰)는 전쟁 중 자신만의 왕국을 세운 커츠 대령(말론 브란도)을 암살하라는 임무를 부여받는다. 그는 해군 경비정을 타고 메콩강을 거슬러 오르면서 전쟁의 광기를 목도하게 되는데….

나는 울창한 밀림 사이를 흐르는 메콩 강의 풍취를 체험하고 싶었다. 그러나 반세기가 흐르는 사이 메콩강을 따라서 많은 대도시와 마을이 들어섰다. 풍경이 너무 많이 바뀐 것이다. 차선책으로 라오스의 우강을 종주하기로 했다. 라오스 북부 퐁살리와 루앙프라방 사이에 차량이 닿는 강변 도시는 므앙크아 정도, 그곳은 배가 외딴 마을과 문명 세계를 이어주는 오지였다.

퐁살리 시내에서 시 외곽 우강으로 가는 썽태우(트럭 짐칸을 개조한 교통수단)에 올라탔다. 도시를 벗어나자 비포장도로가 시작되었다. 자

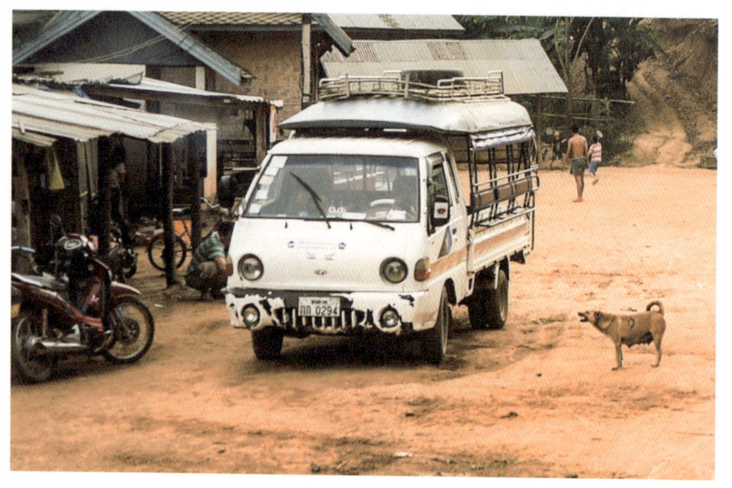

동차 바퀴가 황토와 부딪히면서 먼지를 마구 피워 올렸다. 트럭 짐 칸은 금세 붉은 먼지로 가득 찼다. 승객들은 소매나 수건으로 코와 입을 막아댔지만, 머리칼 위로 수북이 내려앉는 황토를 막을 순 없었다.

황톳길에 들어선 지 5분이 채 지나지 않아 모든 승객의 머리카락이 누렇게 변했다. 머리칼 색깔이 변한 나를 쳐다보며 현지인이 웃었다. 입은 소매로 가리고 눈만으로 웃었다. 웃어대는 그들의 머리카락도 누렇기는 마찬가지였다. 서로를 보며 키득거렸다. 30분쯤 지나 선착장에 닿았을 땐, 다들 머리칼이 쇠한 노인 같았다.

아무리 털어대도 뻑뻑한 머리칼 외엔 모든 게 순조로웠다. 그랬는데 슬로 보트에 올라타기 직전 문제가 발생했다. 자기 가방을 뒤

적이던 동준이 소리쳤다.

"카메라 배터리랑 충전기를 숙소에 꽂아둔 채 나왔어요!"

동준이 뱃사공에게 출발 시각을 늦춰달라고 사정했지만 들어줄 리가 없었다. 배터리와 충전기를 찾기 위해 숙소로 간 동준이 돌아오기까진 1시간이 넘게 걸렸다.

우리는 선착장을 오가며 스피드 보트 뱃사공을 수소문했다. 대중버스 같은 슬로 보트 티켓은 정가가 있지만, 택시 같은 스피드 보트는 하루치 대여비를 다 내야 한다. 가격이 슬로 보트 승선비의 4배가 넘었다.

"형, 어떡하죠?"
"여기서 하루 더 숙박하느니 스피드 보트라도 타자!"

선착장을 떠난 지 10분이 되지 않아 오판이라는 생각이 들었다. 슬로 보트엔 햇빛을 가릴 덮개가 있지만, 스피드 보트엔 지붕이 없다. 오전 시간을 허비한 탓에 이미 한낮, 직사광선이 수직으로 내리꽂혔다. 햇빛에 달궈진 수면도 뜨끈, 부는 바람조차 뜨거웠다. 해를 가릴 요량으로 모자를 썼다. 바람에 날리지 않게 머리 끈을 질끈 조였다. 지옥이 따로 없었다.

"젠장, 아침부터 〈지옥의 묵시록〉을 떠올리는 게 아니었어!"

한 시간쯤 지나 태양과 무더위에 익숙해지자 우강 풍경이 눈에 들어오기 시작했다. 인간이 만든 구조물이라곤 전혀 없이 오직 초록의 산과 숲, 그 사이로 강이 흐르고 간혹 외딴 마을이 나타났다. 모래톱 위 언덕에 마을이 자리 잡고 있었다. 홍수로부터 안전하면서, 그늘을 드리우는 나무들이 모여 있는 터였다. 모래톱은 원주민 아이들의 놀이터이기도 했다. 아이들이 지나가는 우리를 향해 손을 흔들었다. 김소월 시인이 노래하던 목가적 꿈이 실현된 이상향 같았다.

-김소월의 시 〈엄마야 누나야 강변 살자〉 전문

강 하류로 내려갈수록 산이 울퉁불퉁한 석회암 근육을 드러냈다. 눈이 시릴 정도로 새파란 하늘, 형상을 이리저리 바꾸다가 사라지는 구름, 정글 위로 날아가는 물새 떼. 해발 1,000~2,000미터를 넘나드는 산봉우리가 이어지는 풍경을 바라보노라면 감탄이 저절로 터졌다.

황홀한 절경이 이어지자 동준이 사공에게 보트를 잠깐 세워달라고 부탁했다. 고속으로 내달리는 보트에선 초점이 맞는 사진을 건

Phonsali, Luang Prabang

질 수 없었기 때문이다. 영문을 모르는 사공이 배를 세웠다. 그러나 배를 멈추게 한 이유를 알게 된 사공은 그 후론 동준의 요청을 들어주지 않았다.

오후 5시 무렵 강변 도시 므앙크아에 닿았다. 종일 굶은 터라 식당부터 찾았다. 주문한 음식을 먹는데 식당 안으로 뜻밖의 외국인이 들어왔다. 백인계 노인이었다. 그는 오스트레일리아에서 교수로 지내다가 퇴직하고 세계여행 중이라고 했다.

"이 강을 거슬러 오르는 건 〈지옥의 묵시록〉 중 한 장면으로 들어온 것 같아!"

"같은 생각을 했어요. 대학에서 가르쳤던 과목은 뭐죠?"

"영문학이었어."

내가 리처드 브라우티건의 소설 〈미국의 송어낚시〉 애독자라고 말하자, 그가 반색했다.

"흔하지 않은 책인데, 놀랍군! 1960년대 말 히피들은 그 책을

Phonsali, Luang Prabang

성경처럼 옆구리에 끼고 다녔지. 시대를 앞선 작가였어. 지구가 이렇게 엉망이 될 줄 진작 알았다는 듯 작품을 써댔으니까."

그는 인도차이나 반도에서 낯선 풍경과 문화를 경험하는 건 즐겁지만, 사람들이 비닐봉지를 너무 많이 사용할 뿐만 아니라 함부로 버리는 모습을 볼 때면 마음이 불편하다고 말했다. 우강을 내려오는 동안 강변 마을과 모래톱에선 볼 수 없었던 플라스틱 쓰레기가 므앙크아 선착장 주변으로 둥둥 떠다녔다.

인간은 지구에서 '쓰레기를 생산하는 유일한 생명체'다. 인간이 처음부터 쓰레기 생산자였던 건 아니다. 인류가 지은 집, 만든 옷, 먹은 음식은 대부분 자연으로 되돌아갔다. 그런 순환이 깨진 건 18세기 산업혁명 이후다. 쓰레기 생산에 시동이 걸렸다. 석유화학산업의 성장과 더불어 합성섬유, 플라스틱, 나일론 그물 등 폐기물은 급속도로 늘어났다. 거대도시는 그 자체로 쓰레기를 생산하는 초대형 공장이 되었다.

어느 순간부터 '재활용에 대한 믿음'이 절약의 미덕보다 더 많은 소비를 부추겼다. 매립량을 줄이기 위해 쓰레기를 소각하고, 소각이 공해 원인으로 지목되자 매립지를 더 넓히고, 매립지가 부족한 나라는 가난한 나라에 쓰레기를 떠넘겼다. 아무리 떠넘겨봐야 지구 안이다. 지구 밖으로 내보내지 않는 한, 지구는 더 커다란 쓰레기 매립지로 변해갈 뿐.

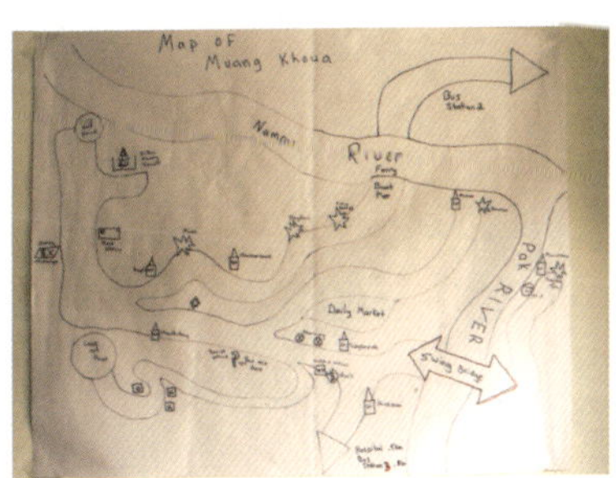

Phonsali, Luang Prabang

므앙크아에서 하룻밤 묵은 후 아침 일찍 선착장으로 나갔다. 이번엔 슬로 보트를 탈 수 있었다. 뱃사공은 강변 마을이 나타나면 모래톱 위에 배를 올려놓았다. 닭 팔러 가는 아낙이 타기도 했고, 청년이 내리기도 했다. 우강 가운데 기다란 뗏목을 띄우고 사금을 캐는 무리를 만나기도 했다. 그들은 강바닥에서 펌프로 끌어 올린 모래에서 금을 추출하고 있었다.

므앙응오이에 닿았다. 하룻밤 묵기로 했다. 선착장에서 3킬로미터가량 숲으로 들어가자 작은 마을이 나왔다. 뜻밖에 게스트하우스가 있었다. 오지 마을 프로그램에 참여한 관광객이 종종 온다고 했다. 숙소 주인이 증명사진이 있냐고 물었다. 내 증명사진이 왜 필요한 걸까?

그는 외딴 마을까지 찾아온 숙박객의 사진을 모은다며 그동안 거쳐 간 여행자들의 증명사진을 테이블 위에 자랑스레 펼쳐놓았다. 그의 보물이었다. 안타깝게도 나는 여분의 증명사진이 없었다.

해가 저물자 마을 이장이 찾아왔다. 나와 동준의 여권을 보여달라고 요구했다. 기다란 렌즈가 달린 카메라를 들고 높은 언덕이나 나무 위로 올라가 사진을 이리저리 찍어대는 동준의 행동거지를 수상하게 여긴 까닭이었다.

오지에선 행동거지가 다른 외국인을 간첩으로 의심하곤 했다. 동준과 여행하는 동안 이미 여러 차례 겪은 일이라 이젠 놀랍지도

않았다. 한국 여권을 꺼내 보여주자 이장은 그제야 안심하고 돌아
갔다.

　다음 날 정오 지나 마을에서 나왔나. 능키아우까지 함께 배를 타
고 간 후 동준과 헤어졌다. 동준은 좀 더 사진 촬영할 거리가 남았
다고 했다. 나는 목적지였던 루앙프라방행 보트로 갈아탔다. 황혼
무렵 우강이 메콩 강과 합류하는 곳에 도착했다. 퐁살리를 떠난 지
사흘째였다. 붉은 노을이 번지는 동안 짐 모리슨의 〈The End〉가
내 귓가에 다시 내려앉았다.

이것이 끝이야, 아름다운 친구여

내가 우강을 종주한 지 오래지 않아 강의 상류와 하류를 잇는 뱃길이 없어졌다. 나는 우강을 배로 종주한 극소수 여행자가 되고 말았다. 강의 중간에 인공 댐이 들어섰기 때문이다.

중국의 파워차이나가 수력발전을 위한 인공댐을 건설하면서 우강은 더 이상 나룻배도 물고기도 오르내릴 수 없는 곳이 되었다. 환경단체는 우강에 깃들어 사는 멸종위기종을 살려야 한다며 인공댐 건설에 결사반대했고, 원주민들은 고향을 떠날 수 없다며 소리쳤지만 그들의 외침은 무시되었다.

내가 우강을 내려오는 동안 만났던 마을들은 수몰되었고, 원주민은 강제이주를 당했다. 우강에 깃들어 살던 원주민들이 고향을 떠나며 울부짖었다.

"우리에게 강은 신과 같은 존재예요. 그들은 신을 죽였어요."

인공 댐의 수력발전소 터빈 도는 소리가 그들의 비명을 묻어버렸다. 인간은 또 한 번 자연을 상대로 한 전투에서 승리했다.

후쿠시마 원자력 오염수 방류, 아마존 열대우림 벌목, 아프리카 최대 수력발전소 그랜드 에티오피아 르네상스 댐 건설, 인도네시아 팜오일 농장 확장, 메콩강 댐 건설 소식을 들을 때마다 영화 〈지옥의 묵시록〉에서 "여긴 숲이 너무 무성해!" 불만을 터트리며 네이팜탄 투하 명령을 내리던 고어 중령의 광기 어린 목소리가 들리는 듯하다.

"난 아침의 네이팜탄 냄새가 좋아. 한번은 어떤 능선을 열두 시간 내내 폭격했거든. 폭격이 끝나고 올라가 봤지. 아무것도, 시체조차 없더군. 온 능선에 가득한 휘발유 냄새, 그 냄새는… 승리의 향기지!"

Phonsali, Luang Prabang

SIEM REAP

캄보디아
시엠립
CAMBODIA

누구에게나 비밀은 있다

'비밀이 많은 사람은 불행하다. 또한 비밀이 없는 사람도 불행하다.'

오래전 읽었던 문장인데 어느 책에서 발견한 문장이었는지는 기억나지 않는다. 많아도 적어도 불행하다는 비밀, 당신에게도 하나쯤은 있을 것이다. 부치지 못했던 편지나 사랑의 맹세를 남겨두었던 어느 찻집의 벽돌 틈 같은 것.

왕가위 감독의 영화 〈화양연화〉에서 차우(양조위)는 앙코르와트 한 건물에 난 구멍에 입을 대고 자신의 비밀을 묻는다. 그 순간 앙코르와트는 사라진 왕국의 유산이 아니라, 비밀을 간직한 서랍이 된다.

나는 당신이 몇 개의 서랍을 갖고 있는지 알지 못한다. 그러나 모든 비밀은 '적당한 상대'와 '적당한 시기'를 기다리며 서랍 속에서 빠져나가려고 한다는 건 안다. 하나의 비밀은 때로 둘로 늘어나기도 한다, 비밀을 들은 상대방이 서랍을 잘 닫아둔다면.

그러나 나는 아직 알지 못한다. 비밀이 둘, 셋, 넷으로 복제될 때 몇 번째까지 비밀로 남을 수 있는지. 조각품, 판화, 사진 같은 예술 작품의 경우 통상 10~12개까지 진품으로 인정한다. 로댕의 〈생각하는 사람〉은 4개, 〈지옥의 문〉은 7개, 〈칼레의 시민〉은 12개의 진품이 있다. 비밀의 경우는 몇 개까지 진품으로 남을 수 있을까?

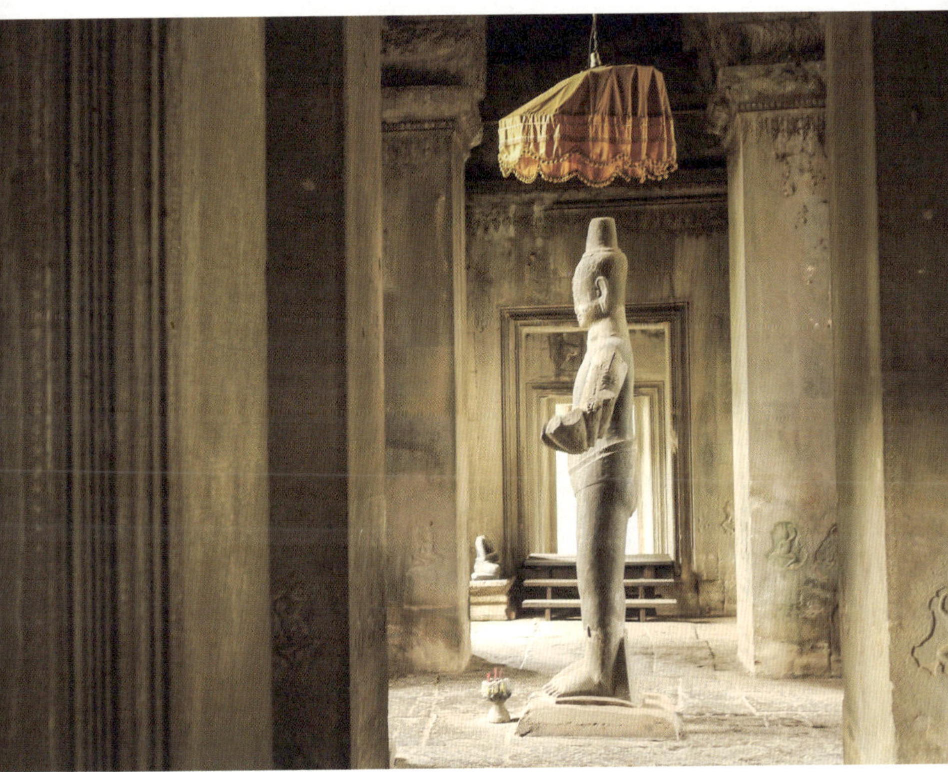

Siem Reap

지구 둘레길을 여행하는 동안 내게도 비밀이 생기곤 했다.

막다른 길에서 우연히 은둔하는 절경을 알아냈지만 입을 다물기도 했고, 너무 많은 관광객이 몰려들까 봐 숨겨둔 나만의 천국도 있다. 달그락, 달그락. 종종 내 서랍 속 비밀은 달싹거린다. '이제 그만 숨통을 열어줘!' 그래, 캄보디아에서도 그런 사건이 있었지.

이 글을 읽는다고 하더라도 오래 기억할 사람은 얼마 되지 않을 테니, 닫아두었던 서랍 하나를 연다. 비밀이 숨을 쉰다, 후우.

2000년대 초였다. 앙코르 유적이 배경으로 등장하는 영화 〈화양연화〉, 〈툼 레이더〉가 연이어 개봉하면서 캄보디아는 전 세계 관광객이 몰려가는 나라가 되었다. 단체여행객을 모집하는 여행사 신문광고에서 앙코르와트는 빠지지 않는 메뉴였다. 그로 인해 신혼여행지로 푸껫, 발리, 세부 같은 해변 대신 앙코르와트를 다녀오는 친구들도 생겼다.

"그럼 〈화양연화〉의 차우가 비밀을 묻은 곳에도 가봤니?"
"〈툼 레이더〉 촬영지는 찾았는데 거긴 어딘지 모르겠더라."
"앙코르 유적지엔 앙코르와트만 있는 게 아냐. 워낙 방대하고 사원도 한둘이 아냐. 그 장소는, 찾다가 포기했어."

나는 캄보디아를 여행하고 돌아온 친구들에게 차우가 비밀을 묻었던 장소에 가봤는지 묻곤 했다. 분명 영화에 등장했던 장소였음에도 그 장소를 찾아낸 사람이 없었다.

　결혼할 만한 친구들은 이미 다 결혼하고 아이 낳고 살 무렵에야 나는 캄보디아로 갔다. 마침 여행 비수기로 접어든 때였다. 시엠립 숙소들도 반값 할인 중이었다. 덕분에 나는 수영장까지 딸린 호텔에서 묵을 수 있었다. 도착하자마자 텅 빈 수영장에서 한바탕 물놀이를 즐긴 후 기상 시간을 맞췄다. 오전 5시 30분. 선선한 아침 바람을 맞으며 자전거 타고 앙코르와트로 가야지!

　따르릉. 새벽 알람이 울렸다. 얼른 호텔 조식을 먹고 길을 나섰다. 도심을 벗어나 자전거로 30분, 푸른 숲길을 달리는 내내 공기가 허파꽈리를 청소하는 기분이었다. 앙코르 유적 일주일 입장권을 끊었고, 첫날엔 오로지 한 사원에서만 머물기로 했다. 앙코르와트는 정말 아름다운 사원이었다. 주위를 둘러싼 해자는 우주의 대양, 사원은 우주, 가장 높은 중앙탑은 우주 중심에 있다는 메루 산을 상징한다. 그 산의 꼭대기엔 우주를 유지, 보호하는 비슈누 신이 머문다.

　조선인이 사대문을 유교 4대 덕목인 인, 의, 예, 지에 따라 흥인지문(興仁之門), 돈의문(敦義門), 숭례문(崇禮門), 숙지문(肅智門)이라 부르며 각각의 문마다 의미를 부여했듯이 앙코르와트 역시 크메르인이 힌두교의 이상을 현실화한 건축물이었다.

　오전 내내 앙코르와트 1층 회랑의 조각상들을 둘러보며 시간을 보냈다. 그리스 신화 속 아프로디테처럼 바다의 거품에서 태어났다는 힌두 신화의 요정, 압살라에 완전히 매료되었다. 마치 살아 있는 듯 섬세하고 고혹적인 자태와 매혹적인 미소.

앙코르와트 건물 일부는 여전히 복구 중이었다. 파란 천막 아래 석수들이 돌을 깨고 있었다. 나는 석수에게 손을 흔든 후 '들어가도 되느냐?'고 손말로 물었다. 현지인 석수가 들어오라며 응답했다. 석수의 세공작업을 곁에서 지켜보던 중 '내가 직접 해봐도 되겠냐?'라고 제스처로 물었다. 석수가 웃으며 망치와 정을 내게 건넸다. 돌 위에 정의 모서리를 올려놓은 후 망치로 내리치는 순간, 깜짝 놀랐다. 돌이 보기와 달리 무척 부드러웠기 때문이다.

석고보단 단단하지만, 화강암에 비하면 물렀다. 앙코르와트를 만든 재료가 사암(Sandstone)이란 건 이미 알고 있었지만, 그래도 돌인데 이토록 부드럽다니! 앙코르와트를 장식한 섬세한 조각들의 비밀이 풀리는 순간이었다. 이 돌은 40킬로미터가량 떨어진 프놈쿨렌에서 가져왔다던가.

앙코르와트 외벽을 따라 돌면 4킬로미터가량을 걷게 된다. 해가 정수리까지 올라왔다. 나는 잠시 쉬기로 했다. 관광객이 거의 찾지 않는 도서관(천문 관련 유물이 나온 까닭에 프랑스인이 붙인 이름이다.) 유적에서 낮잠을 청했다. 그늘 속 바닥 돌은 차갑고 열린 창으론 바람이 드나들었다.

자고 일어나 회랑의 부조를 둘러보았다. 힌두교를 대표하는 대서사시 〈마하바라타〉 중 쿠루평원 전투, 〈라마야나〉 중 랑카 전투를 묘사한 작품이 인상적이었다. 천 년 전 석공이 새긴 조각은 섬세하고 웅장했으며 살아 있는 듯했다. 생생한 묘사에 감탄하다가 문득 '전쟁을 묘사하기란 참 쉽다'는 생각이 들었다. 진정 묘사하기 어려운 건, 평화가 아닐까?

앙코르와트는 미적 쾌감뿐 아니라 지적 호기심도 충족시켜 주는 유적지다. 앙코르 왕국은 9세기에서 15세기에 걸쳐 번영했다. 한

국의 역사를 나란히 놓으면 통일신라 말기부터 조선 초에 이르는 시기다.

12세기 초에 지어진 앙코르와트는 당대 크메르인이 다다른 정교한 건축술뿐 아니라 높은 천문학 수준도 함께 보여준다. 일몰 무렵 앙코르와트를 빠져나와 열기구를 타고 주변 풍경을 조망했다. 힌두교에서 유래한 방대한 상징과 기호가 집대성된 사원이 평원 위에 우뚝 서 있었다.

아침마다 자전거 페달을 밟아 앙코르 유적 내 다른 사원이나 궁

전을 찾아다녔다. 단체 관광객이 모이기 전까지 보물찾기에 나선 아이처럼 구석구석을 살폈다. 벵골보리수와 무화과나무가 자라는 사원 마당에 앉아서 한 톨의 나무 씨앗이 자라 사원 전체를 무너뜨리는 장면을 눈감고 상상하기도 했다.

상상만으로도 기묘한데 눈뜨면 그 장면이 내 앞에 펼쳐져 있었다. 거대한 공룡의 발톱 같은 나무가 사원을 움켜쥐듯 감싸고 있었다. 나무가 사원을 무너뜨리는 중인지, 지탱하는 상태인지 구별이 되지 않았다.

앙코르 유적들 중 규모가 가장 큰 건 앙코르 톰(위대한 도시)이다. 앙코르는 '도시', 톰은 '위대하다'는 뜻. 앙코르 톰의 총 둘레는 13킬로미터로, 고대 도시 안으로 들어가려면 동서남북 사방을 바라보는 사면상(四面像) 아래 문을 먼저 지나야 한다. 앙코르 톰의 중심엔 수많은 얼굴(관세음보살 혹은 왕의 얼굴이라고 한다.)들로 가득 채운 사원 바이욘이 있다.

바이욘을 멀리서 보면 틈새 하나 없이 건물들이 빼곡하게 들어찬 사원처럼 보인다. 그러나 층계를 올라 사원 안으로 들어가면 곳곳에 네모난 돌창이 나 있고 그 사이로 바람이 쉴 새 없이 드나든다.

단체 관광객이 점심 식사를 위해 레스토랑들이 있는 시엠립으로 돌아갈 시간, 나는 숙소에서 가져온 냉커피와 쿠키로 배를 채우고 빈방에 누웠다.

움지이지 않고 가만히 있으면 이대로 돌조각상으로 변할 것 같은 정적. 돌창 밖을 내다보면 수많은 얼굴들 위로 흰 구름이 지나간다. 한없이 고요한 풍경 위로 흐르는 시간, 마치 한순간에 천년을 경험하는 듯한 경이로운 정적이었다.

앙코르와트 일주일 입장권을 들고 아침마다 곳곳에 흩어진 유적들을 찾아 떠나던 나날, 하루는 시엠립 도로를 자전거를 타고 달리다가 현대식 건물 하나가 눈에 들어왔다. 담벼락에 인상적인 포스

터가 붙어 있었기 때문이다.

'비토첼로 콘서트, 매주 토요일 7시 15분. 무료입장'

궁금한 마음에 관람일에 맞춰 찾아갔다. 첼로 연주자 비토첼로
는 의사였다. 본명은 비트 리히너. 병원 내 강당에서 콘서트가 시작
되었다. 백발이 희끗희끗한 그는 첼로로 바흐의 곡을 연주했고, 중
간중간 여러 가지 얘기를 들려주기도 했다.

"가난한 나라 어린이들이 최소한의 치료를 받지 못해 죽어가는
데도 이 세계가 그 어린이들을 방치한다면 그건 '소극적 아동 학
살'입니다. 가난한 사람이 가난한 이유는 대부분 가족들 중 병든 이
가 있기 때문이지요. 만약 당신이 젊다면 헌혈을, 여유가 있다면 돈

을, 둘 다 있다면 이 아이들을 위해 피와 돈 둘 다 기부해 주시길 바랍니다."

숨을 헐떡이며 말을 잇던 비트 리히너가 마지막 곡을 연주한 후 첼로를 무대에 내려놓고 계단을 내려갔다.

소아과 전공의 비트 리히너는 일찍이 국제적십자에서 일했다. 1974년 프놈펜 칸타보파 병원으로 파견되었다. 1975년 크메르 루주가 캄보디아를 점령했다. 학살을 일삼던 독재자는 가장 먼저 외국인을 추방했다. 고국인 스위스에서 지내는 동안 비트는 캄보디아 아이들의 눈망울을 잊을 수 없었다.

결국 1991년 비트는 캄보디아로 돌아왔고 칸타보파 재단을 설립해 무너진 병원을 다시 세웠다. 그리고 스위스인과 관광객이 낸 기부금으로 네 개의 병원을 더 지었다. 치료비는 무료였다. 다섯 개의 병원에서 치료받는 아동은 연간 50만 명, 비트가 고용한 현지인 의사, 간호사, 직원 등 그 수는 2,500명에 이른다.

앙코르 유적을 오가고, 앙코르 박물관을 관람하고, 톤레사프 호수를 방문하는 사이 열흘이 지났다. 시엠립을 떠나기 하루 전날, 나는 마지막으로 앙코르와트를 다시 방문하기로 했다.

앙코르와트 방문 첫날엔 매혹적인 압살라와 초록빛 정원이 가장 눈에 들어왔더랬다. 두 번째 방문 땐 해자와 앙코르 사원의 실루엣

이 눈에 들어왔다.

　세 번째 다시 방문하자 앙코르와트 천장, 벽, 모서리에 새겨진 부조까지 햇살의 각도가 달라져서인지 너무나 선명해 보였다. 천 년 전 온전한 상태의 앙코르와트가 환각처럼 떠올랐다. 황홀경에 휩싸여 가장 높은 중앙 탑에서 천천히 내려오며 사원의 벽을, 계단을, 문을 쓰다듬었다. 그러다 돌 문살을 쓰다듬을 때였다.

　손끝이 스쳤을 뿐인데 돌로 된 문살 하나가 살짝 흔들렸다. 얼핏 석순처럼 돌로 된 창틀에 붙어 있는 듯 보였지만, 실제론 부서져 떨어진 돌 문살을 그저 창틀에 올려놓은 것에 불과했다.

　나는 얼른 가방 속에서 꺼낸 얇은 메모지 위에 편지를 쓰기 시작했다. 짤막한 내용이었다. 그리곤 편지를 돌 문살 아래 놓고 다시 닫았다. 감쪽같았다. 편지를 감춘 위치를 기억해 두기 위해 창밖을 내다보았다. 순간 놀라운 일이 일어났다. 〈화양연화〉 속 차우가 비밀을 묻었던 건물이 바로 내 눈앞에 있었다.

　이제 숨겨뒀던 비밀을 털어놓는다. 〈화양연화〉에서 차우가 비밀을 속삭이던 장소는, 앙코르와트 2층 회랑 안마당에 있는 도서관이다. 그리고 3층 서남쪽 탑이 주황색 사리를 걸친 동자승이 차우를 물끄러미 바라보던 곳이자 나의 편지를 돌 문살 아래 놓아두었던 곳이다.

Siem Reap

오래전의 일이다. 내가 남긴 소망의 편지
는 지난 세월에 풍화되어 이미 마른 꽃잎처
럼 사라져 버렸으리라. 하여, 새 종이 위에
또렷한 활자로 적어 다시 그대에게 보낸다.
그때 그 문장 그대로.

Peace For All Mankind

Good Luck To You!

(인류에게 평화를, 그대에게 행운을!)

* 칸타보파 아동병원의 설립자 비트 리히너는 2018년 지구에서
의 긴 여행을 마치고 영면에 들었다. 그가 설립한 병원에서 치료
받았던 어린이가 자라서 추모곡을 만들었다. 〈Rest In Peace,
Doctor Beat〉. 한국으로 유학 와서 음악을 전공했던 비소티다웅
은 가사에서 비트를 '영웅'이라고 불렀다. 비트 리히너가 영웅이
된 건 '뛰어난 의술' 때문이 아니라 '인류에 대한 사랑' 때문이다.

Siem Reap

HOCHIMINH
TIMES SQUARE

베트남
호찌민
VIETNAM

기타 하나 메고 혼자 가는 길에 누가 벗 되어줄까

"국외로 같이 여행 다녀올래?"

벗꽃 피길 기다리던 무렵이었다. 지금 한국을 떠나면 봄꽃 만발한 절경을 놓치는데…, 그러나 즉각 수락했다. 그와 같이 여행할 기회가 늘 있는 건 아니니까. 그는 마음에 둔 여행지가 따로 있는 건 아니라고 했다. 그동안 여러 직책과 행사를 맡으며 쉬지 않고 달려온 탓에 잠시 먼 풍경을 보고 싶었나 보다.

"형, 베트남 호찌민에서 하노이까지 기차를 타고 북상하면서 쉬엄쉬엄 여행하는 건 어때?"
"오, 그거 좋다!"

배낭을 꾸렸다. 어디라도 좋았다. 이번 여행지는 국가나 도시가 아니라 사람이었으니까, 손병휘.

가수 손병휘를 일컬어 흔히들 촛불 가수, 거리의 가수, 운동권 가수라고 부른다. 1990년대 '꽃다지'와 더불어 많은 민중가요를 쏟아냈던 '조국과 청춘' 멤버로 시작해 개인 앨범만 9집까지 낸 싱어송라이터. 공중파 텔레비전에서 그를 볼 일은 드물었지만, 많은 시민들이 광장에서 그의 노래를 들었다.

"나란히, 나란히 가지 않아도 우리는 함께 가는 거지요."

우리를 태우고 인천공항 활주로를 날아오른 비행기가 정오를 지나 호찌민 외곽 떤선녓 공항에 내려앉았다. 공항 바깥으로 나서는 순간 '여행지를 잘못 선택한 게 아닐까?' 하는 생각이 들었다.

4월이면 무더운 날씨가 덮치는 태국, 라오스, 캄보디아와 달리 동쪽으로 바다와 접한 베트남은 덜 더울 거라고 짐작했는데 오산이었다. 한국의 벚꽃이 예년보다 일찍 피었듯 이른 무더위가 베트남을 덮쳤다. 숨을 들이쉴 때마다 열풍이 나오는 헤어드라이어를 입에 물고 있는 듯했다.

일단 동남아시아 승차 공유 서비스인 '그랩(Grap)'을 이용해 택시를 불렀다. 차량부터 오토바이까지 부를 수 있는 그랩은 동남아 여행자의 필수 앱이다. 도착한 차량의 번호를 확인하고 올라탔다. 운전사를 향해 인사했다. "씬짜오(안녕하세요)!" 그 외 다른 베트남어 문장은 알아도 입을 다물기로 했다.

HOTEL
HÔNG MINH
SATRA
TỔNG CÔNG TY THƯƠNG MẠI SÀI GÒN   T THÀNH VIÊN
BẢNG GIÁ
CỬA HÀNG XĂ
SATRA
HOTEL
MINH
6:00 - 22:00

Hochiminh

Room
185/18
185/20 PHẠM NGŨ
ĐT: 08. 3836 0020
SAI GON AMIGO
185/2
PUNJABI
INDIAN
RESTAURANT
LA TABLE
de SAIGON

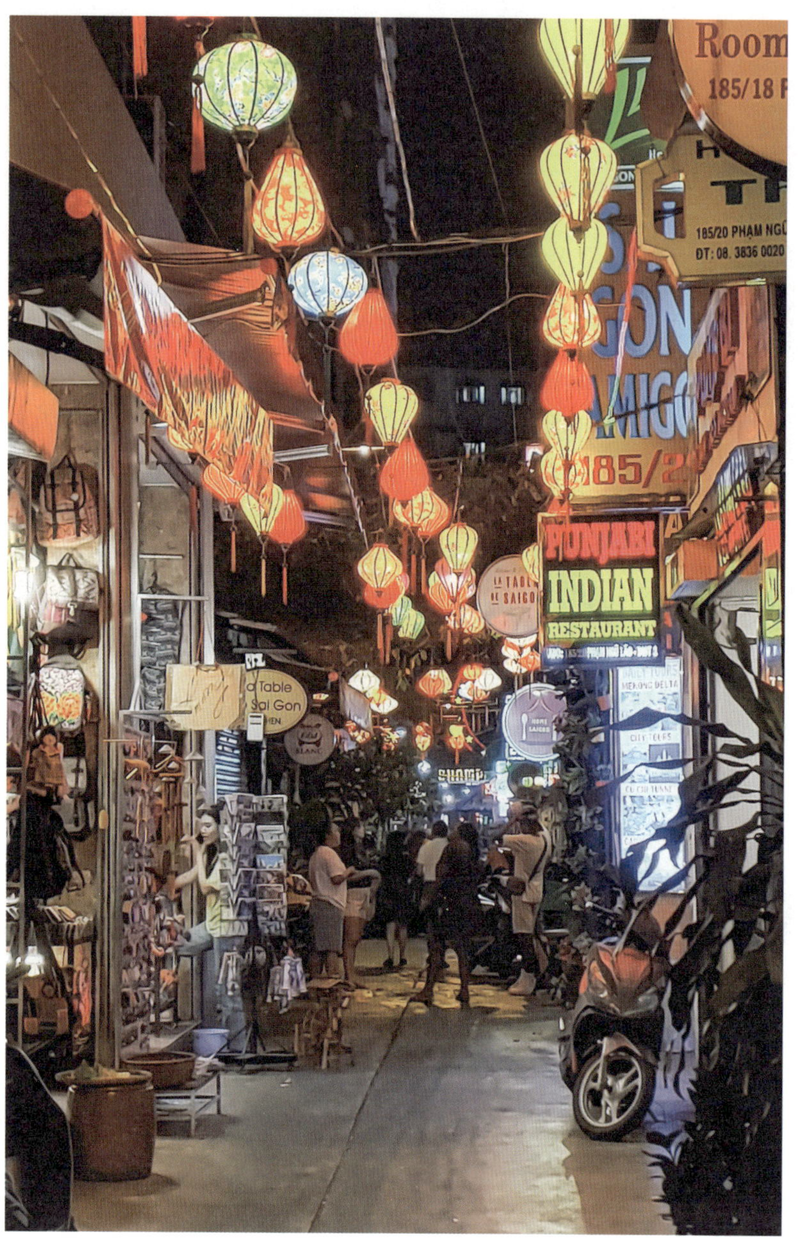

Vietnam

통상 여행지를 정하면 그 나라 언어로 된 필수문장과 단어를 외운다. "안녕하세요!", "이건 얼마인가요?", "화장실이 어디죠?"를 시작으로 숫자와 어머니, 아버지, 삼촌, 이모 등 가족 호칭 등. 동남아시아에서도 현지인에게 가족 호칭으로 부르면 금방 친해지기 때문이다.

"이모, 국수 면 좀 더 주실래요?"
"삼촌, 기차역 가려면 몇 번 버스를 타야죠?"

그러나 공교롭게도 베트남어는 벼락치기가 통하지 않는다. 한글로는 같아 보이지만 높낮이와 길이에 따라 전혀 다른 뜻이 되기에. 가령 1960년대 로버트 맥나마라 미 국방부장관이 사이공을 방문했을 때였다. 남베트남 대통령이 연설을 끝내며 부르짖은 대로 맥나마라가 외쳤다. "베트남 만세!"

그 순간 베트남 군중 속에서 웃음이 터져 나왔다. 맥나마라가 더욱 큰 소리로 외칠수록 웃음소리도 더욱 커졌다. 미국인이 느닷없이 대통령 옆에서 이렇게 소리치고 있었으니까. "작은 오리는 눕고 싶다!"

호찌민에서 머물 숙소는 워킹 스트리트에 있었다. 태국으로 치면 카오산로드, 서울로 치면 이태원 같은 동네다. 댄스곡을 크게 틀어놓은 클럽들이 즐비했지만, 큰길 뒤편 숙소는 고즈넉했다. 골목 폭이 넓지 않았지만, 제법 운치가 있었다.

호텔에 도착해 안내를 받는 동안, 여직원 리는 뭐가 그렇게 재밌
는지 대화 내내 웃음을 터뜨렸다. 여행자가 낯선 곳에서 느끼는 감
정의 절반은 숙소의 환대에 달려 있다. 그리고 웃음은 전염된다. 밝
은 웃음에 나도 덩달아 웃음이 터졌다.

트윈룸에 배낭을 내려놓은 뒤 일단 병휘 형이 챙겨 온 달러 환전
을 위해 벤탄 시장 인근 금은방부터 가기로 했다. 그러나 가는 길
이 좀처럼 쉽지 않았다. 미국 작가 빌 브라이슨의 이탈리아 여행기
가 떠올랐다.

이탈리아 운전자들은 끊임없이 경적을 눌러대고, 과격한 제스처
를 쓰면서 말을 하고, 다른 차들이 끼어들지 못하게 방어하는가 하
면, 사랑도 나누고, 뒷좌석에 앉은 아이들 엉덩이를 때리거나 야구
방망이만 한 샌드위치를 먹는 등 이 모든 일을 운전 중에 한다. 이
모두를 한꺼번에 할 때도 많다.

빌 브라이슨의 문장에서 '차'를 '오토바이'로 바꾸면 호찌민이 된
다. 인구 900만 명이 거주하는 도시에 오토바이만 무려 800만 대,
사람이 오가야 할 인도가 오토바이 주차장과 다를 바 없었다.

"이거 참, 인도가 너무 비인도적이네!"

오토바이를 피해 차도를 따라 걷던 병휘 형이 아재 개그를 툭 던
졌다. 내가 하하하, 웃었다. 그때부터였다. 그는 아재 개그에 신들

LITTLE HANOI HOSTEL
48 HÀNG GÀ
TOUR INFORMATION
HERE
CÓ PHÒNG TRỐNG
GIÁ RẺ
ROOM
Available
CẤM LẠI GẦN!
CÓ ĐIỆN
NGUY HIỂM
CHẾT NGƯỜI
SỬA NHÀ

Hochiminh

린 사람처럼 되든 안 되든 닥치는 대로 아재 개그를 던져대기 시작
했다.

"형, 이제 뭐 먹을까?"
"미국을 이긴 나란데, 반미(베트남식 샌드위치) 정도는 먹어줘야 하지
않겠니?"
"형도 냐짱엔 가봤다니, 건너뛰고 다낭까진 바로 갈까?"
"그래, 이번엔 냐짱불입이다!"

저녁 식사하고 돌아오는 길, 숙소가 있는 골목에 '문니스 사이공
(Mooney's Saigon)'이라는 바가 있었다. 유리창 너머 실내를 들여다봤

다. 한 사내가 기타를 치며 노래를 부르고 있었다. 테이블 네댓 개
와 이리저리 놓아둔 의자가 고작이었다.

미닫이를 젖히고 들어섰다. 어쿠스틱 기타를 반주로 한 라이브
뮤직이 우리를 끌어당겼다. 노래하던 사내가 기타를 내려놓자 맞
은편에 앉아 맥주를 마시던 다른 이가 기타를 받아서 몇 곡을 연주
하고, 다음 주자가 그 기타를 받고 하는 식이었다.

"오픈 마이크야! 너희도 불러볼래?"

우리가 주문한 맥주병을 내려놓으며 바텐더가 말을 건넸다. "나
도 한번 해볼까?" 가수 손병휘가 기타를 받아서 어깨에 멨다. 첫 번
째 선곡은 비틀스의 〈헤이 주드(Hey Jude)〉. 노래가 점점 고조되자 술
집 안 손님들이 모두 후렴구를 따라부르며 어느새 떼창이 됐다.

"나나나 나나나나 나나나나, 헤이 주드"

가수 손병휘는 양희은의 〈아침 이슬〉을 마지막 곡으로 부르고
무대에서 내려왔다. 테이블에 앉자 저마다 다른 나라에서 온 손님
들이 우리 주위로 모여들었다. 바텐더가 그의 노래에 감동했다며
가슴을 쓸어내렸다. 아일랜드 출신의 바 주인이 가수 손병휘의 손
을 맞잡으며 감사를 표했다. 호찌민에서의 첫날 밤이었다.

다음 날 우리는 메콩델타로 투어를 갔다. 인도차이나 반도를 여

행하며 미얀마, 태국, 라오스, 캄보디아에서도 메콩을 만났지만, 베트남의 메콩을 보지 못했던 게 늘 아쉬웠다. 투어 참여자들을 실은 미니버스가 서쪽으로 향했다. 누런 빛의 메콩이 곁에 흐르는 강변 도시, 미토에 닿았다.

우리는 버스에서 내려 통통배, 나룻배로 갈아타며 섬들을 옮겨 다녔다. 가이드는 꿀 파는 가게, 코코넛 사탕과 코코넛 매트를 만드는 공장으로 안내하기도 했다. 값싼 투어의 전형이지만, 아무래도 좋았다. 메콩강 하구에 사는 사람들의 다채로운 삶을 잠깐이나마 들춰볼 수 있었으니까. 베트남에선 메콩을 '끄우롱'이라 부른다. 한자어로 구룡(九龍)이다. 강 하구에서 줄기가 여러 갈래로 나뉘며 수많은 삼각주를 만들어내기 때문이다.

호찌민에서의 마지막 날. 동양의 파리, 사이공으로 불렸던 시절에 지은 사이공 시립극장, 호찌민 시청, 마제스틱 호텔을 지나 숙소로 돌아오던 길이었다. 공원에서 예닐곱 명 현지인 무리를 지나는데 한 명이 병휘 형 발 아래로 잽싸게 달려들더니 운동화 밑창에 순간접착제를 발랐다. 또 다른 녀석은 병휘 형 발에서 운동화를 얼른 빼내더니 슬리퍼로 갈아 신겼다. 정말 순식간이었다.

그리곤 묻지도 않은 채 뺏다시피 가져간 운동화에 비누칠을 하고 쓱쓱 문지르더니 세탁비를 요구했다. 옥신각신. 울그락불그락. 결국 녀석들에게 10만 동(약 5,600원)을 쥐여주고 빠져나왔다. 큰돈은 아니지만 괘씸했다. 병휘 형이 한숨 쉬듯 내뱉었다. "이런, 신~발…."

숙소로 돌아와 체크아웃을 하고, 기차역으로 데려다줄 콜택시를 기다리기로 했다. 오전에 호텔 로비에서 봤던 노년의 숙박객이 여전히 로비에 앉아서 여직원 리를 향해 떠들고 있었다. 노인에게 붙들린 듯한 리를 도와줄 겸 내가 그에게 물었다.

"어느 나라에서 왔죠?"
"미국"

예상대로였다. 그는 묻지도 않았는데 윗주머니에서 사진을 꺼내 내게 내밀었다. 미 군복을 입은 백인 청년이 군용견과 함께 서 있는 사진이었다. 그리고 묻지도 않은 베트남전 경험담을 늘어놓기

시작했다. 호텔 직원 리가 노인의 모습을 보며 고개를 절레절레 저었다. 자신에게 이미 했던 얘기를 또다시 반복하고 있었기에. 다행히 콜택시가 곧 도착했다.

호찌민발 하노이행 기차는 하루 네 차례 출발하고 4인용 침대 칸, 6인용 침대 칸, 일반 좌석 칸으로 나뉜다. 다낭까진 18시간가량 소요되는데 일몰과 일출을 모두 보기 위해 낮에 출발하는 기차를 골랐다. 그러나 미처 예상하지 못한 게 있었다. 주말이란 걸.

4인용 침대 칸의 아래층 침대는 남아 있질 않았다. 어쩔 도리가 없었다. 만약 아래층 승객이 해 질 때까지 자기 옆에 나란히 앉아 가자면 술을 사주리라! 동행자로 누구를 만나게 될지 기대하며 4인용 침대 칸 문을 열었다.

순간 당황스러웠다. 이미 커튼까지 쳐놓은 어두컴컴한 방, 두 베트남 청년이 낮부터 아래층 침대 위에 이불 펴고 드러누운 상태였다. 씬짜오, 인사를 건네도 만사 귀찮은 표정.

일단 위층 침대로 올라가 대충 자리를 정리하고 아래층을 내려다보았다. 카키색 속옷, 양쪽 침대 사이에 놓인 카키색 금속제 박스. 병휘 형이 물었다.

"뭐 하는 친구들이지?"
"복장 보니 아무래도 군인인 것 같은데…."

덜컹, 기차가 움직이고 늘어선 가옥 옆에 놓인 철길 위를 달리기 시작했다. 창밖 풍경을 보기 위해 복도로 나왔다. 철길을 따라 늘어선 집들을 보는데 여객 전무가 나타났다. 그에게 번역 앱을 이용해 물었다.

"혹시 방을 바꿀 수 있나요?"

여객 전무는 우리에게 배정된 방 안을 힐끗 들여다보더니, 알 만하다는 표정을 지었다. 30분 후 여객 전무가 다시 나타났다.

"침대 칸 하나를 비울 수 있는데, 밤 11시 반부턴 다른 승객에게 비워줘야 해요. 그때까지라도 사용하려면 다시 표를 끊어야 해요."
"얼마죠?"

HARACO
An1552

RACO
11515

"20만 동"

야호! 비어 있는 침대 칸으로 자리를 옮기고 문을 닫는 순간, 우리 만세를 불렀다. 춘광사설, 짙은 구름 사이로 봄 햇살이 빠져나오는 것 같은 기분이었다. 창가에 앉은 병휘 형이 기타 줄을 조율하며 물었다.

"옆 칸에도 기타 소리가 들릴까?"
"덜컹거리는 기차 소리에 들리지 않아요."
"그럼, 어디 한 번!"

부드러운 기타 선율과 함께 그의 노래가 철로를 박차고 날아올랐다. 나는 손뼉 치며 흥을 돋웠다. 그때 벌컥 문이 열렸다. 돌아보니 식음료 파는 판매원이었다. 병휘 형과 내가 이구동성으로 외쳤다. 비어(Beer)! 그 후 식음료 판매원은 열차 양 끝을 오갈 때마다 우리가 깃든 방의 문을 두드리고 빙긋 웃으며 물었다.

"맥주 더(More beer)?"

곧 해가 저물고 먹물 같은 어둠이 내려앉았다. 미군, 베트콩, 한국군, 북베트남군, 남베트남군이 서로를 증오하고 두려워하며 지났을 어두운 숲을 기차가 지나고 있었다. 가수 손병휘가 마지막 노래를 불렀다. 둥근 달이 그 뒤를 따라왔다.

나의 노래가 그대의 그늘진 삶에 작은 위로 될 수 있을까
나의 노래가 그대의 지친 어깨를 부축할 수 있을까
그동안 걸었던 노래의 길은 작고도 외진 길인데
우리가 꿈꾸던 그런 세상은 아직도 멀기만한데
기타 하나 메고 혼자 가는 길에 누가 벗 되어줄까
웃음 띤 얼굴로 바라봐준다면 그대 위해 노래하겠네

-〈나의 노래가〉(손병휘 작사, 작곡)

HOIAN, DANANG, HUE

베트남
호이안, 다낭, 후에
VIETNAM

주 뗌므, 떼 아모, 이히 리베 디히, 안 요우 엠

폴란드 출신의 유적 복원 전문가 '카지미에시 크비아트코프스키'가 없었더라면, 현재 베트남에서 가장 인기있는 관광도시, 다낭은 없었을지 모른다.

전후 베트남은 파괴된 유적을 복원할 기술이 없었다. 국제사회에 도움을 요청했다. 1981년 폴란드의 '기념물 보존연구소'가 이에 응했다. 카지미에시가 임무를 맡았다.

그는 고대 참파 왕국의 도시였던 미선(Myson)을 발굴하고, 유적을 복원하기 시작했다. 정글에 파묻혀 있던 유적을 발굴하던 과정에서 폭발한 지뢰와 풍토병으로 동료를 잃기도 했다. 1986년엔 정치적 변혁을 겪던 폴란드 정부가 재정지원을 끊기도 했다. 카지미에시는 독일의 '참 문화(Cham Culture) 우정협회'로부터 지원을 받아 발굴과 복원사업을 이어갔다.

카지미에시는 유적복원 작업을 하다가 휴식이 필요할 때면 강변 도시 호이안(Hoian)을 찾곤 했다. 어느 날 호이안 건물 곳곳에 붙은 철거 표지를 발견했다. 베트남 정부는 호이안의 낡은 건물을 철거하고, 신식 콘크리트 건물로 신시가지를 지을 예정이었다.

카지미에시는 호이안에 남아 있는 옛 건물을 모두 보전해야 한다고 베트남 정부를 설득하기 시작했다. 그 결과 호이안은 옛 풍취를 고스란히 간직한 모습으로 남게 되었다. 베트남의 문화유산을 보존하려는 그의 관심과 노력은 미선에서 호이안으로 후에로 이어졌다.

1993년 옛 왕조의 수도 후에(Hue)가 먼저 유네스코 세계문화유산으로 등재됐다. 1997년 후에 왕궁과 왕릉 복원에 전념하던 카지미에시는 심장 마비로 사망하고 말았다. 그로부터 2년 지나 호이안과 미선도 유네스코 세계문화유산으로 등재됐다.

덕분에 다낭은 반경 100킬로미터 이내 국제공항을 갖추고, 유네스코 세계문화유산을 세 곳이나 거느린 해변휴양도시로 발돋움했다.

가령 동남아시아의 대표적 휴양도시인 푸껫, 세부, 코타키나발

루가 '단품 요리'라면 다낭은 바다뿐 아니라 유네스코 세계문화유산인 미선, 호이안, 후에까지 곁들인 '코스 요리'인 셈이다.

호찌민에서 낮에 출발한 기차는 18시간 만에 역이 없는 호이안을 지나쳐 다낭역에 닿았다. 병휘 형과 함께 택시를 타고 1시간, 호이안으로 갔다. 숙소에 배낭을 내려놓자마자 거리로 나섰다.

호이안은 16~18세기 국제무역항으로 번성했던 도시다. 중국, 일본뿐 아니라 아랍 상선이 드나들었고 대항해시대 이후엔 유럽 상선까지 비단, 향신료를 사기 위해 호이안을 찾았다.

조선인이 도착한 적도 있었다. 풍랑을 만나 표류해 온 제주도민이었다. 당시 베트남 국왕은 그들에게 위로품까지 주고 중국 상선에 부탁해 고국으로 돌려보냈다. 심지어 안전을 위하여 선장에게 이런 당부도 했다.

"조선인이 고국에 무사히 도착했다는 증표를 받아오면 사례금을 더 줄게!"

5개월 뒤 중국 상선은 조선에 닿았다. 그런데 웬걸, 그들은 포박당한 후 중국으로 압송됐다. 전 세계 수많은 나라 선박이 아라비아해, 인도양, 남중국해를 넘나들며 해상무역을 하던 시절, 조선은 한반도에 꽁꽁 틀어박힌 채 바다를 통한 교역을 국법으로 금하던 시절이었다.

호이안 올드타운을 지나는데 국제합창대회가 열리고 있었다. 실내 콘서트홀이나 강당이 아닌 길거리에서 합창대회를 하다니! 카지미에시 동상 앞에 합창단이 대회를 준비했다. 관람객이 워킹 스트리트를 가득 채우고, 상점 입구까지 막아섰다. 그럼에도 상점 주인들은 인상을 찌푸리지 않았다. 베트남, 라오스에서 온 합창단에 이어 태국 합창단이 등장했다. 그들이 부른 곡은 아바의 〈Thank You For The Music〉.

음악 없이 살 수 있을까? 음악 없는 삶은 어떤 모습일까?
노래나 춤이 없다면 인간은 무엇일까?

호이안을 흐르는 투본 강 위로 화려한 꽃등을 밝힌 배가 지나고, 우리는 드래곤 다리 건너 안호이 섬으로 갔다. 음악 소리에 이끌려 강변 라이브 클럽에 자리를 잡았다. 베트남 청년들로 구성된 밴드가 널리 알려진 팝송들을 불렀다.

"흠, 자기들만의 방식으로 곡을 해석하고 변주하면서 노래하다니, 신선한데!"

가수 손병휘가 귀를 쫑긋 세웠다. 베트남 전쟁이 끝난 지 이미 오래, 청년들이 맘껏 개성을 발산하고 젊음의 에너지를 터트리며 춤

추고 노래하는 모습은 아름다웠다. 그 모습을 물끄러미 바라보다가 나는 상상했다. 저들이 민주화를 이룬 미얀마의 청년들이라면, 얼마나 좋을까 하고.

호이안에서 사흘을 보낸 후 다낭으로 숙소를 옮기고 마블마운틴으로 갔다. 종종 〈서유기〉의 손오공이 갇혀 있었던 '오행산'으로 소개되곤 하지만 이는 사실이 아니다. 화강암과 대리석으로 이뤄진 다섯 개의 산이 한데 모여 있는 모습을 보고 왕이 했던 말에서 붙은 이름일 뿐.

"오행산 같구나!"

봉우리마다 화산(火山), 수산(水山), 목산(木山), 금산(金山), 토산(土山)이란 별칭을 갖고 있다. 가장 큰 봉우리는 수산인데 여러 동굴을 품고 있어서 무더운 낮을 보내기에 좋았다. 연옥을 형상화한 동굴을 시작으로 미끈미끈한 대리석으로 이뤄신 산 정상까시 올랐다.

하산하면서 대리석 불상을 품은 동굴 사찰에 들렀다. 기울어진 햇살이 동굴의 틈을 비집고 들어왔다. 햇살이 동굴 속 허공을 날아다니던 먼지를 비췄다. 빛을 받았다가 어둠 속으로 휙 사라지는 먼지가 마치 누군가의 생애 같았다.

우리는 다낭에서 지내는 동안 매번 같은 곳에서 식사를 했다. 낮엔 주차장, 저녁엔 식당으로 변하는 포차였다. 여행자 거리가 아닌

Hoian, Danang, Hue

데도 연이어 식당을 방문하자 처음엔 외국인을 낯설어하던 종업원들이 우리를 알아보고 먼저 미소를 지었다.

베트남어 메뉴판밖에 없었지만 주문하는 데 문제는 없었다. 가령 구글 렌즈가 '불타는 사랑의 오징어'로 번역하면 '매운 오징어볶음' 정도로 짐작하면서 음식을 주문했다. 마지막 날엔 양념 돼지머리구이, 야채 샐러드, 해물 볶음밥에 맥주를 마셨다. 그러고도 2만 원이 되지 않았다. 음식값을 지불하며 며칠 새 친숙해진 종업원에게 번역 앱으로 물었다.

"당신은 학생입니까?"
"네."
"고등학생인가요, 대학생인가요?"
"대학생입니다."

병휘 형이 "이 친구에게 팁을 주면 어떨까?" 하고 물었다. "좋아요!" 그 또래 베트남 청년들이 길가 카페에 앉아 스마트폰을 들여다보며 저녁 시간을 보내는 모습을 자주 보았다. 같은 시간에 아르바이트하는 청년을 보니 고운 말이든, 적은 돈이든 뭐라도 주고 싶었다. 음식값의 반을 팁으로 내밀자 청년이 뜻밖인 듯 양손으로 얼굴을 감싸며 말했다.

"정말 고마워요!"
"(천만에, 열심히 사는 네가 고맙구나.)"

다음날 낮 기차를 타고 후에로 갔다. 1802년부터 베트남을 통치한 왕조의 수도였던 도시다. 베트남을 통일한 왕조임에도 1840년대 후반부터 유럽 열강에 잠식되기 시작해 1884년 프랑스 식민지가 됐으니, 실질적 통치 기간은 100년이 채 되지 않는다. 도심을 지나는 강변에 왕이 머물던 궁전이 있다. 배산임수, 풍수지리에 따라 터를 잡았다.

해자(垓字)로 둘러싸인 성 둘레는 거대하고 바깥에서 보면 아주 화려하다. 그러나 안으로 들어가니 화려했던 과거를 떠올리게 하기보다 파괴의 흔적을 보여주는 공간에 가까웠다. 인도차이나 전쟁, 베트남 전쟁을 치르면서 모든 전각이 파괴됐기 때문이다.

1947년 베트민(베트남 독립동맹회)이 후에 왕궁을 점령하자 프랑스 군은 이들을 몰아내기 위해 포화를 쏟아부었다. 1968년 베트콩이 후에 왕궁을 점령하자 미군은 미사일을 발포했고 남아 있던 전각까지 잿더미가 되었다.

베트남 정부는 전쟁이 끝난 후 왕궁 입구인 오문(午門)과 태화전(太和殿)을 먼저 복원했고 지금도 복원이 진행 중이다. 곳곳의 총탄과 포탄 흔적이 당시의 참상과 폭발음을 떠올리게 했다.

고궁의 도시에서도 우리는 저녁 식사를 위한 단골식당을 만들었다. 외국인이 뜸한 길거리 식당을 연이어 찾자 식당 아주머니가 우리 얼굴을 알아보고 웃음을 지었다. 그러나 음주운전에 대한 우려

Hoian, Danang, Hue

로 술을 판매하지는 않는다고 말했다. 우리는 손짓, 발짓으로 하소 연했다.

"이렇게 맛있는 요리를 어떻게 술 없이 먹어요? 우리는 뚜벅이 니 염려하지 않아도 돼요."

하소연이 통했다. 아주머니는 검은 비닐봉지에 맥주 캔을 담아 서 단골손님인 우리에게 내밀며 손짓으로 말했다.

"발아래 잘 숨기고 마셔!"

맥주를 음료수 잔에 따라 들이켰다. '음, 빨대까지 꽂으면 완벽하 겠는걸!' 번역 앱을 이용해 상인들과 얘길 나누고, 그들과 기념사 진을 찍기도 했다. 나는 왕들이 만든 궁전이나 왕들의 무덤을 구경 하는 시간보다 시장 상인과 어울려 노는 시간이 더 좋았다.

숙소 근처 여행자 거리의 점방은 밤을 보내기에 가장 좋은 장소 였다. 점방 냉장고에서 맥주 캔을 꺼내 야외 테이블 위에 놓은 뒤 점방 안을 기웃거리니 할머니께서 봉지 하나를 손끝으로 가리켰 다. 튀긴 돼지껍질이 들어 있었다.

나는 스낵을 찾던 중이었지만 할머니의 강추에 따랐다. 튀긴 돼 지껍질을 한 입 먹고 엄지척을 내밀자 할머니께서 '그거 봐 맛있 지?' 하는 표정을 지으며 함박 웃었다. 맥주 캔을 비운 병휘 형이

점방 찬장 속 화이트 와인을 발견하곤 말했다.

"아이스 버킷이랑 얼음만 있으면 딱 좋을 텐데…"
"할머니께서 해결해 주실 거야! 할머니께선 이제 우리가 뭘 원하든 다 해주실 태세거든!"
"그걸 어떻게 알아?"
"느낌으로!"

화이트 와인을 산 후 얼음 사진을 보여주자 할머니께선 플라스틱 통에 얼음을 가득 담아 내밀었다. 둘이서 주거니 받거니 하는데 점방에 프랑스인들이 들이닥쳤다. 그리곤 한쪽 자리를 차지했다. 할머니께서 우리에게 다가와 와인과 아이스 버킷을 발아래 숨기라고 눈짓했다. 왠지 할머니는 우리에게 베푼 호의를 프랑스인에겐 베풀고 싶지 않은 눈치였다.

다음날 우리는 후에 성을 한 번 더 산책한 후 하노이행 기차를 타기 위해 역으로 갔다. 이번엔 미리 4인용 침대 칸 아래층을 예약해 두었다. 기차가 출발했다. 위층의 승객들에게 아래로 내려와 옆에 같이 앉아 가도 괜찮다고 손짓했다. 탑승 전 사뒀던 과일을 나눠 먹으며 번역 앱으로 대화를 나눴다. 두 사람은 모자 관계였다. 대화 도중 중년의 어머니가 기타 케이스를 손끝으로 가리켰다.

병휘 형이 케이스에서 기타를 꺼냈다. 반주하며 노래하기 시작했다. 베트남 어머니가 손뼉을 쳤다. 아들이 몸을 좌우로 흔들었다. 곡명은 〈서른네 번의 프러포즈〉. 고대 수메르어부터 나바호 인디언어, 프랑스어, 포르투갈어, 알바니아어, 스페인어, 베트남어 등 발음은 저마다 다르지만 같은 의미를 가진 문장들로 이뤄진 노래.

Hoian, Danang, Hue

노랫말에 베트남어가 나오자 어머니와 아들이 환히 웃었다. 그렇게 가수 손병휘가 자신이 작사, 작곡한 노래를 부르는 동안 비명, 폭발음, 굉음으로 가득한 인류의 역사처럼 기차가 덜컹덜컹 큰 소리를 내며 철로 위를 굴렀다.

그럼에도 각각의 언어가 가리키는 '단 하나의 의미'가 그 소음에 묻히지 않고 우리의 마음을 가득 채워 주었다. 발음은 달라도 같은 의미, 사랑해요.

아마 떼, 떼 두아, 떼 끼예로, **떼 아모**
세 필로, 야 바스 류브류
폼락쿤, 찬락쿤, 테스티모, 키 마 랑 에
모나 크워키, 와시키 시다키
주 뗌므, 아로하, 아모 떼, 아헤리
아 람 카, 아유이 아노시 니
밀류 떼, 이나 손키, 티 볼리오 베네
이히 리베 디히, 아모르 미오

우히부키, 우히부카, **안 요우 엠**, 엠 요우 안
나쿠펜다, 아이시떼루
미라빔유, 나 링기 요, 응기야 쿠 탄다
워 아이니, **사랑해요**

HANOI

베트남
하노이
VIETNAM

세상에는 오직 한 종류의 사람이 있을 뿐

미국 출신의 작가 하퍼 리가 쓴 소설 〈앵무새 죽이기〉에 '앵무새'는 등장하지 않는다. '흉내지빠귀(mockingbird)'를 한국어판에서 '앵무새'로 번역했기 때문이다.

'흉내지빠귀'는 북미에서 가장 흔한 새 중 하나다. 산이나 들판 어디서나 볼 수 있는 새, 한국에서라면 참새나 종달새 정도일까? 1930년대 미국을 배경으로 한 소설에서 아버지는 아이에게 공기총을 사 주며 말한다.

"네가 뒤뜰에 나가 이 총으로 깡통이나 쏘았으면 좋겠구나. 하지만 새들도 쏘게 될 거야. 맞힐 수만 있다면 (농작물에 해를 끼치는) 어치새를 쏘는 건 괜찮아. 그러나 (노래만 부를 뿐인) 흉내지빠귀를 죽이는 건 죄가 된다는 걸 기억하렴."

〈앵무새 죽이기〉 속엔 타인에게 아무런 해를 끼치지 않는데도 이웃의 박해와 괄시를 받는 '앵무새(흉내지빠귀)' 같은 사람들이 등장한다. 다른 사람과 행동양식이 다르다는 이유로 괴물 취급 받는 청년, 피부색이 다르다는 이유로 누명을 쓰고 유죄를 받는 무고한 흑인, 민족이 다르다는 이유로 히틀러에게 박해받은 유대인 등.

앵무새는 행동양식, 피부색, 혈통뿐 아니라 성 정체성, 신체 조건 등이 다르다는 이유로 박해받는 모든 이로 확장될 수 있다. 〈앵무새 죽이기〉에서 하퍼 리는 아버지의 입을 빌어서 말한다.

'상대방 입장이 되어보지 않고선 그 사람을 정확하게 이해할 수 없다.'

〈앵무새 죽이기〉는 1961년 미국에서 출판되자마자 베스트셀러가 되었고, 같은 해 퓰리처상을 받았으며, 1962년 그레고리 펙 주연의 흑백 영화로도 제작됐다. 그리고 〈앵무새 죽이기〉가 널리 읽히고 상영되던 1964년 미국은 베트남을 침공했다.

미국은 '영국 식민지로부터 독립했던 과거'가 있었음에도 '상대방 입장'에서 생각하지 않았고, 그들이 추구하는 '자본주의 사상이나 체제와 다르다'는 이유로 북베트남을 악으로 여겼다.

결국 미국은 통킹만 사건을 조작해 베트남 전쟁을 시작했고 그 후 10년 동안 '앵무새 죽이기'에 몰두했다. 베트남 사람들은 미국인이 그랬고, 한국인이 그랬듯 그저 자신들만의 목소리로 노래하

고 싶었을 뿐이다.

베트남 기차 여행을 시작한 지 열흘째, 수도 하노이에 닿았다. 체크인하기엔 너무 이른 시각이라 호텔 리셉션에 배낭을 맡기고 밖으로 나왔다. 아침부터 길거리 식당들 앞엔 손님으로 가득했다. 병휘 형과 나도 쌀국수 한 그릇씩 먹고, '환검' 전설의 배경이 된 호안끼엠(還劍) 호수로 향했다.

하노이는 한국의 경주와 어깨를 나란히 할 정도로 유서 깊은 도시로, 베트남 중심지가 된 건 기원전 257년 어울락의 수도였을 때다. 당시 이름은 '꼬로아(옛 소라)'로, 하천이 성채를 나선형으로 둘러싼 형태라서 붙은 이름이었다. 황금 거북이 이 왕국을 보호하며 거북 발톱으로 '마법 석궁'을 만들게 해줬다는 전설이 전해온다.

그 후 베트남은 천 년 넘게 중국의 지배를 받았다. 그러다 독립 국가를 창건한 '리 왕조'가 1010년 하노이 지역을 '날아오르는 용(昇龍)', 즉 탕롱이라 짓고 다시 수도로 삼았다.

황금 거북은 훗날 '레 왕조' 때에도 등장한다. 황금 거북에게서 '마법 검'을 빌려 명나라를 물리치고, 거북에게 '검을 돌려주었다(환검)'는 이야기.

탕롱이 한자어로 하내(河內), 즉 하노이로 바뀐 건 19세기 베트남을 통일한 응우옌 왕조가 후에(Hue)를 수도로 삼으면서, 탕롱이란 거창한 옛 수도 이름이 거슬렸기 때문이다.

호안끼엠 호수 방향으로 걷는 동안 항박, 항가이 등 첫 글자가 같은 도로명이 이어졌다. 점포를 뜻하는 '항'에 상품 이름을 붙인 도로명으로 항박은 귀금속 가게, 항가이는 비단 파는 가게다. 조선시대의 육의전처럼 조정에 바칠 공물을 제작하고 판매하기 위해 조성됐던 곳이다. 상품별로 가게가 늘어선 거리가 모두 서른여섯 개라서 '삼육거리'라고도 했다.

하노이의 대표적인 관광지인 호안끼엠 호수를 따라 늘어선 가게

ÔN NĂM !

Hanoi

들, 일단 전망 좋은 3층 카페
로 올라갔다. 그리곤 '에그 커
피'를 주문했다. 카푸치노를
만들 때 넣어야 할 우유가 떨
어지자 이를 대신해 달걀노른
자와 연유를 섞어 만들었던 게
에그 커피의 기원이다.

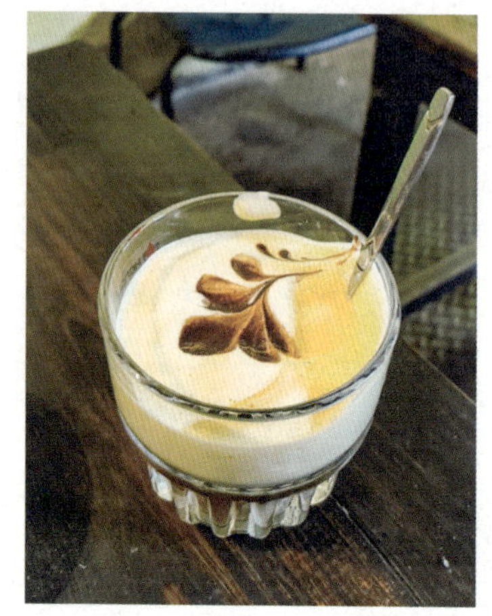

　달걀노른자와 연유가 더해
진 커피, 재료만 떠올리면 살
짝 비릴 것 같은데 전혀! 달콤한 에그 커피를 홀짝이며 호수 풍경
을 내려보다가 호찌민, 다낭, 호이안 등 베트남 남부에선 결코 볼
수 없었던 장면을 목격했다. 베트남에서 조깅하는 사람들이라니!

　덥고 습한 베트남 남부에서 사람들은 좀처럼 실외 운동을 하지
않는다. 무더위 때문에 흐르는 땀, 가만히 있어도 칼로리가 저절로
소모될 정도인데 운동이라니! 호찌민에서 후에까지 우리가 지나
왔던 어떤 도시보다 상쾌한 하노이는 조깅을 해도 좋을 정도로 날
씨가 좋았다.

　하노이의 인구는 770만 명, 이 정도 규모의 도시를 단기간에 둘
러보는 건 불가능하다. 서울로 치면 경복궁, 종로, 인사동 등 관광
명소가 밀집한 지역부터 둘러볼 수밖에! 일단 레닌 공원, 국회의사
당, 베트남군 역사박물관, 탕롱 황성이 반경 500미터 안에 밀집한

구역으로 향했다. 레닌 공원에선 어린이용 자동차를 타는 아이들과 나들이객이 한가로운 시간을 보내고 있었다.

군사박물관에선 강렬하고 세련된 감각의 포스터가 유난히 눈길을 끌었다. 베트남 전쟁 동안 총 대신 펜과 붓으로 싸운 베트남 예술가들의 포스터들.

'얼마나 많은 세월을 더 살아야, 그들이 자유로워질 수 있을까?' 밥 딜런의 〈블로잉 인 더 윈드〉의 노랫말을 개사해서 그린 포스터부터 프랑스 유학파의 작품에 이르기까지 1960~1970년대의 흔한 프로파간다(Propaganda)보다는 마치 예술작품 같았다.

현재 복원 중인 탕롱 황성은 '광화문과 궁궐 벽만 남고 경복궁이 없는' 형세였다. '7세기 당나라 지배 시절 성터' 위에 '11세기 베트남 왕조 궁'을 짓고 '19세기 프랑스식 건물'이 들어선 유적이었다. 유네스코가 세계문화유산으로 선정한 이유는 1,300년간의 역사를 간직하고 있기 때문이다.

탕롱 황성을 둘러본 후 성 밖으로 나왔다. 초록색 군복을 입은 노

인들이 황성을 배경으로 기념사진을 찍고 있었다. 베트남 참전 군
인을 위한 '재향군인회' 지원 단체관광인 듯했다.

노인들이 기념사진을 촬영하고 발길을 돌리려는데 베트남 청년
들이 노인들에게 다가가 말을 건넸다. 초록색 군복을 입은 할머니
가 미소 지으며 고개를 끄덕였다. 베트남 청년들이 함께 사진을 찍
고 싶다고 부탁한 모양이었다.

베트남 전쟁 당시 여성들은 최전선에서 보급품 운반을 비롯하여 후방에서 사회적 기반 유지에 이르기까지 다양한 역할을 했다. 청년들이 다정하게 할머니가 된 참전용사의 팔짱을 꼈다. 찰칵. 그 모습을 말없이 지켜보던 병휘 형이 잠시 후 입을 열었다.

"나 좀 전에 울컥했어."
"실은 나도⋯."

하롱베이에서 1박 크루즈 여행을 한 후, 다시 하노이로 돌아온 우리는 호찌민 박물관을 찾았다. 나는 호찌민을 정치인이나 지도자 이전에 인류 역사상 '위대한 여행자들' 중 한 사람으로 꼽는다.

호찌민은 스물한 살이던 1911년 고국을 떠난 후 30년간 세계를 떠돌았다. 그가 베트남을 식민지배하던 프랑스로 건너간 이유에 대해선 훗날 이렇게 말했다.

"열세 살쯤 되었을 때 '지유, 평등, 박애'라는 프랑스어를 처음 들었습니다. 나는 그 단어들이 내포하는 의미가 무엇인지 알기 위해 프랑스 문명을 직접 경험해 보고 싶었어요."

호찌민은 선박 보조요리사로 취직해 아프리카 대륙을 돌아 프랑스로 가던 뱃길에서 아프리카 흑인의 인격과 생명을 하찮게 여기는 프랑스인들을 목격했다. 드디어 프랑스 마르세유 항구에 도착한 날, 그는 생각했다.

"왜 프랑스인은 우리를 문명화한다고 하면서 그 전에 자기 동포들부터 문명화하진 않는 걸까?"

그 후 호찌민은 유럽, 아메리카, 아시아 등 각국에서 청소부, 보일러공, 정원사, 웨이터, 화부 등으로 일하며 다양한 인류 문화를 경험했고, 머물던 각 나라의 언어를 습득했다.

호찌민에게 세계를 대하는 폭넓은 시각과 국제적 감각을 갖게 만들어준 건 '방랑'이었고, '변하지 않는 한 가지로 만 가지 변화에 대처한다'는 자세로 지구를 떠돌던 그에게 변하지 않는 한 가지의 가치는 베트남 독립이었다.

베트남을 떠나던 날, 병휘 형과 나는 각자 낮 시간을 보낸 후 저녁에 다시 만나기로 했다. 병휘 형은 〈여성박물관〉을 방문할 거라고 했다. 그동안 사진과 유물은 충분히 관람한 터라 나는 베트남 현지인과 대화를 더 나누고 싶었다.

산책하다가 기념품을 살 겸 가게에 들렀다. 아르바이트생으로 보이는 청년 여성이 앉아 있었다. 수공예품 가방 몇 개를 고른 후 사진을 찍어 아내에게 보냈다. "어느 가방이 가장 마음에 드니?" 아내가 선택한 가방을 들고 값을 치르려는데 아르바이트생이 웃으며 말했다.

"나도 이 가방 점찍어뒀는데!"
"나랑 아내랑 너랑 모두 같은 가방을 골랐네!"
"흐몽족이 만든 수공예품인데, 각 문양마다 의미가 있어."
"그건 몰랐는걸!"

그녀는 가방을 포장하다가 "뭐 좀 물어봐도 돼?" 하곤 질문을 던졌고, 잔돈을 구다기도 "하나만 더 물어봐도 돼?"라며 끊임없이 내게 질문을 해댔다. 그녀와의 대화는 한국으로 돌아온 뒤로도 이어져 지금은 SNS 앱으로 질문을 던져댄다.

"삼촌은 처음 기차를 탄 게 언제였어?"
"삼촌은 왜 계속 여행을 다녀?"
"삼촌이 가장 좋아하는 영화는 뭐야?"
"삼촌이 가장 좋아하는 노래는 뭐야?"

그렇게 얘기를 주고받다가 나는 알게 되었다. 그녀의 조부모도 베트남 참전 군인이었다는 걸.

"내 할아버지 등엔 총 맞은 자국들이 있어. 내가 어릴 때 처음 그걸 봤을 땐 흉터가 꼭 글씨처럼 보여서 조막손으로 답장을 쓰기도 했어. 할아버지는 오른손 약지도 반이 없어. 총에 맞아서 사라졌대. 그땐 힘드셨겠지만, 나는 반쯤 남은 할아버지 약지가 너무 귀여워.
할아버지는 속눈썹도 거의 없어. 게다가 속눈썹이 눈 안쪽으로 자라서 눈을 찔러. 폭탄 때문에 그렇게 되었대. 내가 고향에 있을 때 할아버지 속눈썹을 잘라드리곤 했어. 할아버진 요즘 할머니를 돌보며 이런 농담을 해. '예전엔 부대장이던 내가 지금은 당신 부하가 되어 요리하고 보좌하느라 온종일을 보내는구나!'
할머니는 건강이 안 좋으시거든. 할아버지가 전쟁터가 나가 있는 동안 다섯 명의 아이를 기르면서 혼자 농사일도 해야 했으니까. 삼촌들 이름은 봄, 가을, 겨울, 번영이야. 내 아버지는 셋째이고 여름!"

한번은 내가 먼저 그녀에게 물었다.

"네 SNS 닉네임은 왜 하퍼니?"
"대학에 들어가서 처음으로 읽은 영문소설이 〈앵무새 죽이기〉였어. 멋진 문장으로 가득한 소설이야. 그래서 작가 이름처럼 내 닉네임도 하퍼로 정했지!"
"〈앵무새 죽이기〉에서 네가 가장 좋아하는 문장은 뭐니?"

"음, 소설 속에서 오빠가 동생에게 이런 말을 해. '이 세상에는 네 부류의 사람들이 있어. 우리랑 이웃 사람 같은 평범한 사람들, 숲속에 사는 커닝엄 집안 같은 사람들, 쓰레기장에 사는 유얼 같은 사람들, 그리고 흑인들…' 그랬을 때 동생이 오빠에게 했던 대답."

"뭐라고 대답했더라?"

"세상엔 오직 한 종류의 인간이 있을 뿐이야, 그냥 사람!"

DANAU SENTARUM

인도네시아
다나우 센타룸

INDONESIA

인도네시아
다나우 센타룸

타오르는 지구의 초상, 사라지는 오지

지구 미래를 예측하기란 쉽지 않다. 점성술로든, 예언으로든, 과학으로든. 그럼에도 세계적 석학의 유언이라면 귀담아들을 필요가 있으리라. 현대 물리학의 거장 스티븐 호킹 박사는 죽기 전 이런 말을 인류에게 남겼다.

"앞으로 인류가 생존하려면 100년 이내 지구를 떠나 고향으로 삼을 다른 행성을 찾아야 한다."

크리스토퍼 놀란 감독의 세계관도 여기서 출발한다. SF영화 〈인터스텔라〉의 배경도 죽어가는 지구다. 환경파괴로 인해 먼지폭풍이 불고, 숨쉬기도 힘겨워진 지구에서 인류에게 남은 유일한 희망은 지구를 떠나는 것. 수십억 인류를 태울 수 있는 우주정거장을 지구 밖으로 띄우기 위해선 중력을 조작할 수 있는 기술이 필요하다. 과학자 머피는 다른 차원에 갇혀 있던 아버지의 도움으로 중력 방정식을 풀고, 마침내 인류는 지구를 떠난다.

그러나 만약 머피가 중력방정식을 풀지 못하고 대신 크리스토퍼 놀란 감독의 또 다른 영화 〈테넷〉에 등장하는 인버전(시간 역행) 장치를 발명했다면 어떤 일이 벌어졌을까?

미래 인류가 살기 위한 유일한 희망이란 시간을 거슬러 올라와 '숲을 태우고, 야생동물 서식지를 파괴하고, 바다를 플라스틱 쓰레기장으로 만들고, 지구온난화를 자초한 주범인 조상을 없애는 방법'밖엔 남지 않았다면 말이다.

2020년 개봉한 크리스토퍼 놀란 감독의 〈테넷〉은 지구온난화로 해수면이 올라가고 강물이 말라버린 지구 행성에서 간신히 살아남은 미래 후손이 시간 역행 장치를 이용해 21세기의 인류를 공격하는 복수극이다.

황당한 공상일지 모르지만, 어쩌면 크리스토퍼 놀란이 '미래 인류와 소통하는 사토르(장본인)'고 영화 〈테넷〉은 미래 인류가 선조인 우리에게 보낸 '경고장'인지도 모르겠다.

서두가 길었다. 현재 지구는 불타고 있고, 동식물은 나날이 다르게 멸종하고 있다. 나 역시 여러 대륙을 떠돌며 지구가 불타는 광경을 목격했다. 그럴 때면 황석영의 단편소설 〈삼포 가는 길〉의 마지막 장면이 떠올랐다. 나룻배 오가고 고기잡이나 하고 감자나 매던 고향으로 10년 만에 돌아온 정씨. 산업화와 개발로 변해버린 고향 앞에서 망연자실하던 정씨. EBS 세계테마기행 김도훈 피디가 인도네시아 열대우림으로 우리를 데리고 갔다가 겪게 된 심정도 정씨 같은 것이었는지도 모르겠다.

"지금껏 세계테마기행을 연출하면서 오지를 수없이 가봤지만 다나우 센타룸 같은 곳은 처음이었어. 이반족은 내가 만나본 사람들 중 가장 순수한 사람들이었고, 진정한 오지였어. 잠깐 머물다가 빠져나온 게 아쉬워. 이번에 다시 가봤으면 해."

인도네시아의 보르네오섬에 위치한 다나우 센타룸은 지구에서 생물 다양성이 가장 풍부한 호수를 품은 아시아 최대 담수 습지다. 다양한 물고기, 조류, 포유류, 파충류와 여러 부족민이 사는 범람원으로 멸종위기 동물들에겐 얼마 남지 않은 안식처로 알려져 있었다.

나는 정희섭 피디, 김도훈 피디의 뒤를 따라 남아메리카의 아마존, 아프리카의 콩고분지와 더불어 세계 3대 열대우림으로 꼽히는 동남아시아의 열대우림을 찾아서 비행기에 올랐다.

우린 말레이시아, 인도네시아의 여러 섬들을 넘나드는 동안 열대우림을 팜나무 농장이 대신 차지한 광경을 목격하곤 했다. 끝이 보이지 않는 팜나무 농장들, 정글(산스크리트어에서 유래한 말로 '경작되지 않은 땅'이란 뜻)이 사라지고 있었다.

어떤 이는 팜나무도 같은 식물인데 무슨 상관이냐고 물을지도

Danau Sentarum

모른다. 간단히 답하자면, 팜 농장의 목적은 팜오일을 생산하기 위해서다. 팜나무를 심기 위해 먼저 밀림을 태운다.

온실가스 피해는 말할 것도 없고, 밀림에서 살아온 동물과 곤충이 서식지를 잃는다. 이제 그 땅은 팜나무 외 다른 동식물이 자랄 수 없는 땅이 된다. 먼저 초식동물이 사라진다. 머잖아 육식동물도 멸종위기를 맞는다. 인도네시아에선 '숲의 사람'으로 불리던 오랑우탄이 살 터전을 잃었고, 그로 인해 개체 수가 급격히 줄었다.

보르네오섬에선 먹잇감이 사라지자 호랑이가 민가까지 내려왔다. 우리는 쇠로 된 올무에 발목을 잃은 호랑이를 동물보호소에서 목격하기도 했다. 밀렵꾼들이 놓은 덫에 걸리자 호랑이는 스스로 발목을 끊고 달아났다가 다행히 사람들에게 구조된 상태였다. 발 하나를 쓸 수 없게 된 호랑이가 야생에서 살아남을 방법은 없다.

인도네시아 사라왁 공항에서 다시 푸투시바우행 비행기로 갈아탔다. 이반족 출신 주민들은 주로 사라왁에 거주한다. 대부분 밀림에서 도시로 거처를 옮긴 것이다. 그들과 달리 카푸아스강에 사는 이반족은 조상의 터전을 떠나지 않고 고향에 남은 이들이다.

푸투시바우 공항에서 내린 후 우리는 차량으로 갈아타고 다나우센타룸 호숫가로 향했다. 선착장에서 오토바이 엔진을 꽁무니에 매단 카약형 보트 2대를 빌려 나눠서 탔다. 그리곤 이반족 마을을 찾아 나섰다.

김도훈 피디의 말에 따르면, 그가 만난 이반족은 정글 가운데 논과 밭을 일구고, 짐승을 사냥하고, 물고기를 잡으며 수렵하고 채집하는 전통을 고수한다고 했다.

"다나우 센타룸 호수 인근에 기다란 롱하우스(Long House)를 짓고 공동생활을 해. 다 함께 농사짓고, 산짐승 쫓아다니며 화살로 사냥하고….”

정글 가운데 은둔하는 마을로 가는 지도는 따로 없었다. 아니, 지도가 있다고 한들 찾을 수 있는 곳도 아니었다. 인공위성으로 촬영한 지도를 확대해도 김도훈 피디가 언급한 마을은 보이지 않았다.

Danau Sentarum

'초록 덩어리'는 정글, 지렁이를 뿌려놓은 듯 구불거리는 '나선'은
물길.

 다나우 센타룸, 울창한 습지의 높다란 수풀 때문에 미로와 다를
바 없는 곳에서 지도를 대신할 수 있는 건 오직 김 피디의 '옛 기억'
과 그의 기억을 좇아 핸들을 돌리는 현지인 보트 운전사의 '촉'.

 거대한 미로 같은 갈대숲 헤매기를 세 시간, 더 이상 길 찾기를
포기할 수밖에 없었다. 김 피디가 한숨을 쉬며 말했다.

 "분명 이 근처일 텐데, 어딘지 모르겠어."

 결국 우리는 다나우 센타룸 호수 가운데 가장 높은 산을 오르기
로 했다. 산에서 내려다보면 대략 방향을 잡을 수 있을 것 같았기
에. 해발고도 몇백 미터에 불과했지만 등산로도 따로 없는 정글을
뚫고 산에 오르는 건 고된 일이었다.

 꾸역꾸역 올라 다다른 산 정상에서 바라본 풍경. 다나우 센타룸
호수를 둘러싼 정글은 마치 초록 피부를 가진 생명체 같았고, 호수
는 푸른 심장처럼 보였다.

 김 피디가 대략 방향을 가늠했다. "이제 알겠어. 저쪽 방향이야!"
산에서 내려온 후 이반족 마을로 가기 전 수상가옥 마을부터 들렀
다. 만일에 대비해 보트 기름을 채우고, 며칠간 숲에서 먹을거리도

샀다. 어느새 해가 뉘엿뉘엿 저물고 있었다. 현지인 보트 운전사와 김 피디가 산에서 내려다보며 이반족 마을이 있을 위치를 대충 파악했으니 크게 염려하진 않았다.

그러나 미처 알지 못했다. 캄캄한 밤이 올 때까지 열대우림을 헤매게 될 줄은. 다나우 센타룸 습지에선 수면 위로 2미터 이상 자란 풀로 인해 보트에서 일어서더라도 수풀 너머를 볼 수 없다.

범람원 사이 갈라지는 물길의 끝은 또 다른 갈래로 계속 나뉘었고, 어디에도 이반족의 흔적은 보이지 않았다. 하늘이 어둑해지기 시작했다. 더 캄캄해지기 전에 이반족 마을을 찾아야 할 텐데….

"드론을 띄워서 그 마을을 찾는 건 어떨까?"

정희섭 피디가 새로운 아이디어를 냈다. 그러나 막상 보트 위에서 드론을 날린다 해도 가느다란 보트 위에서 돌아온 드론을 되잡는 건 위험찬만한 일이었다. 사람이 다치거나, 드론이 물속으로 빠지거나.

밤이 오고야 말았다. 갑자기 먹구름까지 몰려들면서 별빛조차 보이지 않았다. 보트가 앞으로 나아가는 동안 헤드라이트가 비추는 건 한없이 이어지는 물길뿐. 캄캄해지고 나니 우리가 지나온 길이 어딘지, 앞으로 가야 할 길이 어딘지도 분간할 수 없었다.

연중 300일 이상 비가 내린다는 동남아 열대우림, 하늘을 가린 먹구름이 장대비를 쏟아붓기 시작했다. 보트 안에 빗물이 고이기 시작했다. 열대기후에 낯선 우리도, 현지인 보트 운전사도 당황하긴 마찬가지였다.

"일단 호수 중앙으로 나가자! 이러다 다 죽겠어."

정 피디가 떨리는 목소리로 소리쳤다. 그러나 방향을 가늠할 수 없을 만큼 캄캄한 밤, 키 높은 수풀로 형성된 미로에선 호수 중앙으로 빠져나갈 물길조차 찾을 수 없었다. 마음이 다급해진 운전사가 속력을 높이며 구불거리는 물길을 헤집으며 내달렸다.

잠시 후 뒤돌아보니 김 피디가 탔던 보트가 보이지 않았다. 대체 어디서부터 길이 엇갈린 걸까? "김 피디~ 김 피디~" 정 피디와 함께 목청껏 소리쳐도 응답이 없었다. 어둠 속 빗줄기는 점점 더 굵어지고, 설상가상의 순간.

"드뎌 찾았어! 이쪽이야, 이쪽!"

김 피디의 목소리가 들렸다. 우리 보트를 놓친 후 물길을 헤매다가 운 좋게 이반족 마을을 찾아낸 것이다. 앞선 보트의 뒤를 따라 마침내 육지에 닿았다. 근데 선착장 분위기가 좀 이상했다. 오는 내내 김 피디로부터 이반족이 사는 마을 이야기를 들었다. 문명이 닿지 않는 오지, 온몸에 문신을 한 이반족 사내들, 전기도 들어오지

않고 배 댈 선착장조차 없어 발이 푹푹 빠지는 이탄층을 지나 닿았
다는 마을.

그런데 관광지처럼 선착장과 수변 데크가 있었다. 보트를 정박
하자 짐을 옮겨줄 마을 사람들을 불러오겠다며 김 피디가 어둠 속
으로 사라졌다. 장대비를 피해 카메라 등 촬영 장비를 처마가 있는
정자 아래로 옮겨놓자 김 피디가 다시 나타났다. 이마에 헤드랜턴
을 매단 원주민들이 다가오더니 짐가방을 하나씩 어깨에 메기 시

　　　　　　　　　　　　　　　　　　　Danau Sentarum

작했다. 정 피디가 미심쩍은 표정으로 김 피디에게 물었다.

"근데 여기가 형이 말했던 그 마을 맞아?"
"맞긴 맞아. 예전에 만났던 족장도 그대로야. 분명 그 마을이긴 해. 근데 어떻게 된 일인지 나도 잘 모르겠다. 오토바이도 몇 대 서 있고, 전기도 들어오고, 도로도 보이는 것 같고…."

김 피디는 결국 말을 끝맺지 못한 채 망연히 허공을 쳐다보았다. 마치 황석영의 〈삼포 가는 길〉 마지막 대목, 변해버린 고향 앞에서 정처를 잃어버린 정씨처럼.

"자네 딸 세대가 지구에서 사는 마지막 세대가 될 거야!"

영화 〈인터스텔라〉에서 나사(NASA) 책임자 존 브랜드 박사가 웜홀 탐사 임무에 나선 파일럿 조셉 쿠퍼에게 했던 말이다.

2000년대로 접어들면서 기후 과학자들은 "지금과 같은 속도로 온난화가 계속 진행되면 21세기 후반엔 북극에서 얼음을 볼 수 없을 것이다."라고 주장했다.

2018년이 저물기도 전 노르웨이에서 2만 년 동안 얼어 있던 '최후의 빙하'가 무너졌다. 노르웨이 연구진은 2030년 여름엔 더 이상 북극에서 얼음을 볼 수 없으리라는 전망을 내놓았다.

Danau Sentarum

지구온난화에 관해선 갖은 음모론을 비롯해 여러 반론도 있지만, 과학자들을 대상으로 한 설문조사에 따르면 '지구온난화는 인간의 탓'이라고 판단한 과학자가 95퍼센트에 달한다. 현재 한국의 이산화탄소 배출량은 세계 7위다. 그리고 이산화탄소 배출 증가량은 OECD 국가 중 1위를 기록했다.

타오르는 지구, 멸종하는 동식물, 해수면의 상승, 잦아진 태풍, 야생동물에서 인간으로 전이되는 바이러스 등 지구환경이 붕괴되는 속도는 점점 더 빨라지고 있다. 임계점을 넘으면 더 이상 돌이킬 수 없다.

46억 년 지구 역사에서 티라노사우루스, 트리케라톱스, 벨로시랩터, 메가로돈, 시길라리아, 칼라마이트스, 스테나로딕티아, 도도, 여객비둘기, 타스마니아 호랑이, 캐롤라이나 앵무, 쿠아가, 괌비둘기, 양쯔강 돌고래, 레부아나 나방, 마데이라 큰흰나비, 캐스케이드 깔때기거미, 타히티 모래파리, 하와이안 호박벌, 케르거렌 배추벌레 등 이미 무수히 많은 동식물 종이 사라져 갔다.

지구는 인간을 필요로 하지 않는다. 인간이 지구를 필요로 할 뿐.

AYUTTAHAYA

태국
아유타야
THAILAND

머리는 흰 구름, 팔은 푸른 숲, 다리는 붉은 꽃

여행하는 동안 촬영한 사진과 쌓여 있던 메일을 정리하던 중 미처 열어보지 않은 메일 하나를 발견했다. 흔한 스팸메일 제목, 흔한 발신인 이름이었다.

제목: **How are you?**
보낸이: **Maria**

얼른 삭제 버튼을 누르려다가 혹시나 해서 '미리보기' 기능으로 서두를 확인했다. '안녕, 로. 지금은 어느 나라를 여행 중이니? 오늘 차이와타나람 사원에 갔다가 하늘의 구름이 부처의 발자국 같다던 네 말이 생각났어….' 앗, 나를 아는 사람이 보낸 편지였다!

내용을 읽는 순간, 메일을 보낸 마리아가 누군지 떠올랐다. 인도차이나 반도에서 2년을 여행하며 태국의 고대 유적을 찾아다니던 무렵이었다. 아유타야를 떠나기 직전 숙소 앞 여행사에서 만난 사람들과 식사를 한 적이 있다. 손님이던 나와 토모코, 그리고 여행사 사장과 친구들, 그들 중 한 명 이름이 마리아였지!

아유타야(ayutthaya)는 태국에 존재했던 옛 왕국의 이름이자 도읍지로서 '불멸'을 뜻한다. 그러나 찬란한 명칭과 달리 아유타야 왕국의 운명은 영원하지 못했다. 14세기에 일어나 현재의 라오스, 캄보디아, 말레이시아 지역까지 차지할 정도로 번성했던 시절도 있었지만 18세기에 이르자 주변 나라와 잦은 분쟁으로 쑥대밭이 되어 사라지고 말았으니까.

거대한 나라가 몰락하면 지구 어느 곳에서나 '전국시대'가 열린다. 서로의 땅을 뺏고 뺏기는 사이 각국의 지도는 살아 있는 생물체처럼 늘어나기도 줄어들기도 하고, 새로운 나라가 생성되기도 하고 소멸하기도 한다. 제행무상(諸行無常). 늘 그대로 있는 건 없다. 변하지 않는 건 '모든 것은 변한다'는 진리뿐.

인류 문명이 발원한 이래, 거대한 제국이나 왕국을 건설한 이들은 언제나 불멸을 꿈꾸었다. 그러나 모든 제국과 왕국은 우주의 항성들이 탄생과 소멸의 과정을 거치는 동안, 찰나에 폈다가 사라지는 꽃 같은 것이다. 그리고 별들이 별 먼지를 남기고 꽃들이 열매를 남기듯 왕국은 유적을 남긴다.

지금은 폐허와 다를 바 없는 상태지만 아유타야 왕국 역시 유적을 남겼고, 유네스코에서 세계문화유산으로 지정하면서 아유타야

는 태국을 대표하는 관광도시 중 하나가 되었다.

아유타야 왕국은 400여 년간 동남아시아 무역을 장악하면서 막대한 부를 축적했던 나라다. 왕궁을 짓고, 사찰을 짓고, 불탑을 세우고. 500여 개에 달하는 아유타야 왕국의 유적 대부분은 불교 사원이다. 그 중 왓 마하탓(Wat Mahathat)은 현재 아유타야 도시를 대표하는 유적이 되었다. 부처의 얼굴 때문이다.

살아 있는 나무에서 돋아난 듯한 돌부처의 얼굴은 '앙코르와트'와 더불어 동남아시아를 대표하는 이미지 중 하나다. 많은 관광객이 그 이미지에 이끌려 카메라를 들고 왓 마하탓을 찾는다. 그러나 관광객 틈바구니에서 마음에 쏙 드는 사진을 촬영하는 건 쉽지 않다. 나는 동이 트기 전 게스트하우스를 빠져나왔다. 숲엔 새벽안개가 자욱했다.

신비한 부처의 얼굴에 관한 사연은 이렇다. 250여 년 전 북쪽 꼰바웅 왕국이 아유타야 왕국을 침략했다. 다른 종교를 믿는 점령군은 도시를 파괴하고 사원에 있던 불상의 머리들을 잘랐다. 부처의 머리가 바닥을 뒹굴었다. 굴러다니던 머리 중 하나를 보리수가 끌어안았다. 그 후 폐허의 사원은 도굴꾼의 표적이 되었고 불상의 머리는 오리엔탈리즘에 경도된 유럽인 애호가들에게 팔려나갔다. 그러나 보리수가 끌어안아 자취를 감춘 머리 하나는 그대로 남았다.

숲에 가득하던 안개가 말끔히 걷히자 나무가 부처의 얼굴을 드

Ayuttahaya

러냈다. 그 모습은 기이하면서도 신비로웠다. 푸른 숲 위로 태양이 떠올랐고, 햇살이 부처의 미소 위로 내려앉았다. 새들이 퍼득퍼득 날아올랐다. 나 홀로 황홀경을 만끽했다…. 단체 관광객들이 한꺼번에 몰려들기 전까지.

아유타야 왕국의 수도였던 올드타운은 물고기처럼 생긴 섬에 자리잡고 있다. 동서 7킬로미터, 남북 5킬로미터에 이르는 섬을 세 개의 강(차오프라야강, 롭부리강, 빠삭강)이 둘러싸며 천연 해자 역할을 한다. 고대도시를 드나들기 위해선 다리를 건너야 한다. 왓 마하탓을 빠져나와 주변 사원을 차례차례 방문한 후, 나는 다시 강을 건너 왓 차이왓타나람으로 향했다.

명성과 달리 왓 차이왓타나람(Wat Chaiwatthanaram)엔 관광객이 거의 보이지 않았다. 나무 그늘이 극히 적은 데다가 정신을 혼미하게 만들 정도로 상승한 기온과 습도 탓이었으리라. 사원 입구에 폐허가 되기 전 모습을 형상화한 모형이 있었다. 고층 탑을 가운데 놓고 8개의 예배당이 둘러싼 형태였다. 불교 사원이지만 힌두교 사원인 앙코르와트 구조와 흡사했다. 중앙의 고층 탑이 수미산을 뜻하는 것도 같았다.

입구를 지나 사원 안으로 들어섰다. 그 순간 마주친 광경이 더위로 혼미해진 영혼을 뒤흔들어놓았다. 사원의 테두리를 따라 세워진 불상들이 한가운데를 향해 가부좌를 틀고 앉았는데, 모두 하나같이 머리가 없었다. 아니 없는 건 머리뿐이 아니었다. 어떤 불상은 몸통 일부가 없고, 어떤 불상은 팔이 없고, 어떤 불상은 다리가 없고….

신체 변형을 통해 '인간다움이란 과연 무엇인가?'를 질문했던 데이비드 크로넨버그 감독의 〈더 플라이〉나 〈비디오 드롬〉 같은 영화가 떠올랐다. 왓 차이와타나람은 너무나 낯설고 기묘한 공간이었다. 근데 이상한 건 그럼에도 불구하고 동시에 형언할 수 없는 아름다움이 느껴졌다. 대체 이 감정의 실체는 뭐지?

찰칵. 그게 시작이었다. 설명할 길 없는 열망에 이끌려 나는 신체 일부가 사라진 불상들을 한 컷씩 촬영하기 시작했다. 한낮의 내리쬐는 햇볕, 무더운 습도, 온몸에서 땀이 비 오듯 흘러내렸다. 고행의 시간이었다. 근데 촬영을 멈출 수가 없었다.

얼마나 시간이 흘렀을까? 사원 한 바퀴를 돌며 불상들을 촬영하고 드디어 마지막 불상 앞에 섰다. 카메라 뷰파인더에 눈을 댔다. 부서진 불상의 머리 위로 희고 둥그스름한 구름이 지나가고 있었다. 그때였다.

액정 화면이어서일까? 원근감이 사라진 구름이 부처의 머리처럼 보였다. 화들짝! 나는 카메라 뷰파인더에서 눈을 떼고 실물을 바라보았다. 120개에 이르는 불상들을 연달아 촬영하는 동안 내 망막에 새겨진 잔영 때문이었을까? '각 불상의 사라진 신체 부위'가 '다른 불상에 남아 있는 실루엣'과 겹겹이 겹치며 모두 온전한 부처의 형상으로 보이기 시작했다.

눈앞에 완벽한 불상이 가부좌를 틀고 앉아 있었다. 부처의 형상 내부를 채우고 있는 건 푸른 하늘, 흰 구름, 초록 숲, 노란 야생화…. 되돌아보니 120개 부처 모두 온전했다.

나는 카메라를 내려놓은 채 사원을 다시 한 바퀴 돌았다. 어떤 부처의 머리는 하얀 구름이었으며, 어떤 부처의 팔은 초록 숲이고, 어떤 부처의 다리는 붉은 꽃이었다. 고개 들어 올려다본 푸른 하늘에 부처의 하얀 발자국이 찍혀 있었다.

　해 질 무렵 숙소로 되돌아왔다. 일단 샤워부터 하고 내일 출발하는 라오스행 버스를 예약하러 숙소 앞 여행사로 갔다. 평소엔 수수료를 아끼기 위해 버스터미널을 직접 찾아가지만, 종일 걷느라 지쳐 있었던 탓이다. 여행사 사장은 20대 중·후반의 리타. 목적지와 시간을 전하자 그녀가 어딘가로 전화를 걸었다.

그녀는 통화 후 예약 티켓이 도착하려면 30분쯤 걸릴 거라고 말했다. 기다리는 동안 그녀와 이런저런 얘기를 나눴다. 서글서글한 여자였다. 경계(境界)도, 경계(警戒)도 없이 타인을 친구나 가까운 이웃처럼 대하는 사람. 밝지만 경박하지 않고, 일 처리는 꼼꼼하지만 다감한 사람.

부다다다다다 끼익. 사무실 밖에서 스쿠터 멈추는 소리가 들렸다. 문이 살짝 열리며 운동복을 입은 여성이 버스표를 들고 들어왔다. 리타와 그녀가 태국어로 몇 마디 주고받았고 잠시 후 여성이 나갔다. 리타가 버스표를 내게 건네며 물었다.

"이제 뭐 할 거니? 별일 없으면 같이 저녁 먹을래?"
"그럴까, 특별한 계획이 없긴 해."
"오늘은 내 친구들과 저녁 식사하는 날이야. 너만 좋다면 합석해도 좋아!"
"저녁은 몇 시에 먹을 거니?"

숙소에서 쉬다가 여행사 문 닫을 시간에 맞춰 나갔다. 리타가 나 말고 또 다른 손님인 토모코와 기다리고 있었다. 우리는 함께 택시를 타고 강변 식당으로 갔다. 리타의 친구들이 식당 테이블에 앉아 기다리고 있었다. 친구들 중 한 명은 좀 전에 운동복 차림으로 나타났던 여성이었다. 외출복으로 갈아입으니 한결 달라 보였다. 리타가 그 친구를 가리키며 나와 토모코에게 물었다.

Ayuttahaya

"얘는 내 친구 마리아야, 예
쁘지?"
"응, 아주 예뻐!"

토모코가 수긍하자 또 다른
친구가 "내 이름은 리나야, 난
어때?"라고 물으며 한껏 멋진
포즈를 취했다. "걸그룹 멤버
같아!" 내가 답하자 모두가 깔

깔깔 웃었다. 리타가 토모코와 내게 미소를 지으며 말했다.

"마리아와 리나는 트랜스젠더(성전환 여부와 무관하게 '생물학적 정체성'과
'본인이 생각하는 성별 정체성'이 일치하지 않는 사람)야."

마리아와 리나는 몇 년 전 가슴 성형을 했는데, 앞으로 돈을 더
모아서 성전환(트랜스 섹슈얼) 수술까지 하고 싶다고 했다. 이런저런
대화를 나누던 중 마리아가 내게 물었다.

"그동안 아유타야 어디를 가봤니?"

나는 왓 차이왓타나람의 불상을 촬영하다가 겪었던 신비로운 경
험을 들려주었다. 귀 기울여 듣던 마리아가 물었다.

"너 시인이지?"

"시인은 아니고, 여행하면서 글 쓰는 일을 하긴 해. 너는?"

"난 댄서야. 방콕의 클럽에서 일해. 지금은 비수기라서 고향에서 쉬는 중이지."

마리아와 얘기를 주고받는데, 리나가 내 카메라를 가리키며 물었다. "그 카메라에 오늘 촬영한 사진이 들어 있니?", "응." 리나와 마리아와 리타가 같이 머리를 맞대고 내가 사원에서 찍은 사진들을 한 장씩 넘겨 보았다.

리나가 카메라를 돌려주며 물었다. 우리 사진도 한 장 찍어줄래? 찰칵.

불멸이란 의미를 가진 도시, 태국의 아유타야에서 보냈던 마지막 밤을 떠올린다. 서로가 친구가 되는 데 필요한 것은 오직 '인간다움'뿐. 내게 메일을 보냈던 날, 마리아는 차이왓타나람 사원에 다녀왔던가 보다.

"오늘 사원에 일몰을 보러 갔다가 '신체 일부가 없더라도 모든 부처가 완벽해 보였다'던 네 말이 문득 떠올랐어."

나는 마리아의 메일을 읽다가 아유타야에서의 기억을 떠올렸고, 잠들기 전 이하이가 부른 노래를 틀었다. 〈내가 이상해〉. 선우정아가 작사·작곡한 이 노래는 연애 감정을 노래한 흔한 유행가로 들을 수도 있지만 '피부색, 국적, 민족, 장애, 외모, 지역, 성 정체성 등으로 차별받는 모든 이'의 심정을 대변한 노래로 들리곤 했다.

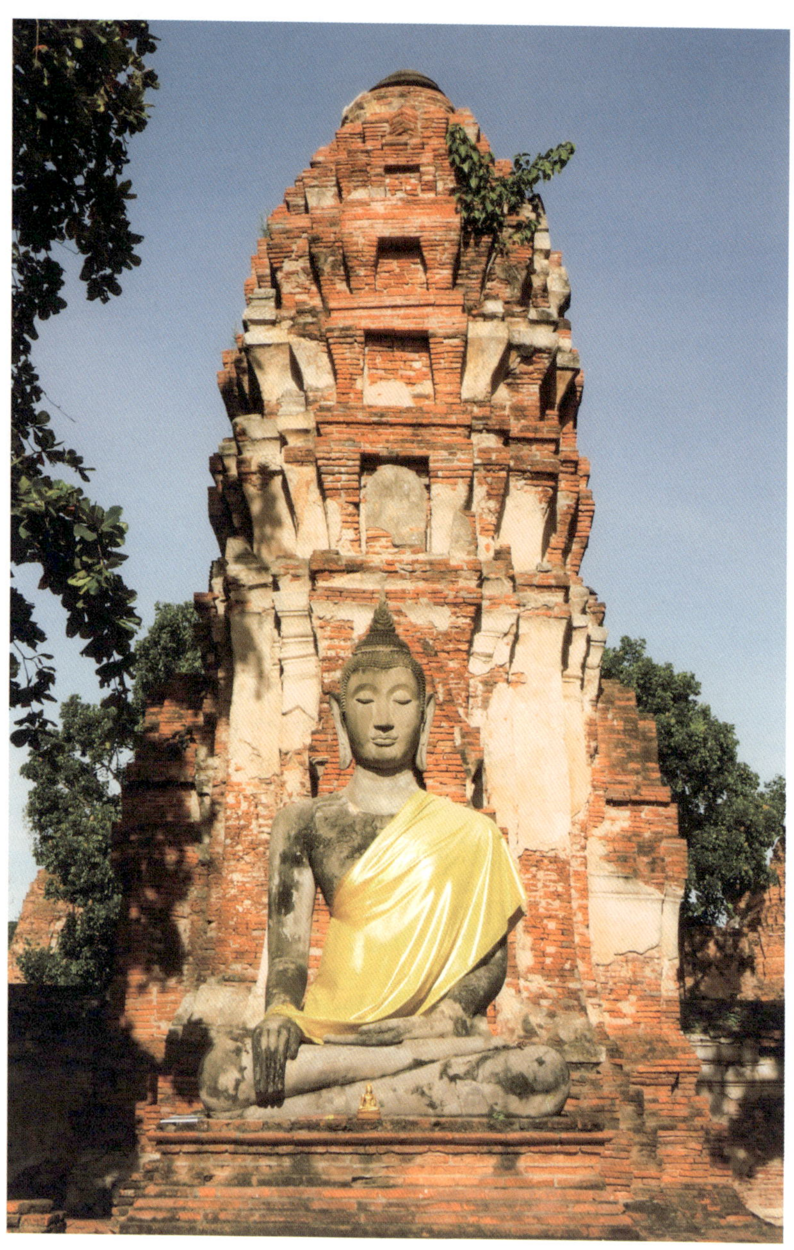

머리는 하나 심장도 하나

생각을 하고 공기를 마시고 너랑 똑같이

내가 이상해? 어디가 어떻게?

내가 이상해? 왜 그런 눈으로 날 봐.

내가 이상해? 어디가 어떻게

…중략…

기쁘면 웃고 슬프면 울고

찌르면 아프고 계속하면 화내고,

절망을 하고 희망을 품고

너랑 똑같이 하지만 나만 가진 몇 가지 것들

너완 다른 몇 가지 것들

내가 나인 이유 몇 가지

CHING RAI
ENTRANCE

태국
치앙라이
THAILAND

미얀마에서 온 아카족 친구 타오

여행을 통해 우리는 자신의 세계를 확장한다. 낯선 풍경, 생경한 음식, 갖은 소리 등 집에서라면 결코 겪지 못했을 감각을 경험하는 동안 세계의 폭이 점점 더 넓어진다. 아우구스티누스가 말하지 않았던가.

세상은 한 권의 책이며, 여행하지 않는 사람은 한 페이지만 읽는 것과 같다.

물론 취향에 따라 저마다 늘어나는 페이지는 다르다. 미식가는 맛의 세계를 확장하고, 사진가는 풍경의 세계를 확장하며, 음악가는 소리의 세계를 확장한다. 나의 경우, 여행할수록 이웃이 늘어났다.

20세기까지 여행지에서 만난 사람들과 맺은 인연은 작별과 함께 끊어지기 일쑤였다. 서로의 주소를 주고받아도 내 쪽에서든,

상대 쪽에서든 이사하면 보낸 편지가 수취인불명이 되고 말았으니까.

　2000년대로 접어들면서 집을 옮겨도 바뀌지 않는 주소가 생겼다. 이메일. 여행자들은 헤어지며 전자우편 주소를 주고받기 시작했다. 2010년대에 이르자 에스엔에스(SNS)가 일상화되었다. 고국으로 돌아간 친구가 오늘 먹은 음식, 들은 음악까지 알 수 있었고 실시간 소통이 가능해졌다. 이웃의 폭과 친구 수가 늘어났다. 머나먼 나라와 지역이 곁으로 확 당겨졌다.

그야말로 지구촌이 된 것이다.

카트만두에서 지진이 일어나면 네팔 친구에게 무사하냐고 물었고, 파리에서 폭탄 테러가 있으면 프랑스 친구의 안부를 물었고, 자카르타에서 화산이 터지면 인도네시아 친구의 안부를 물었다. 그리고 봄꽃이 활짝 피어도 환하게 웃을 수 없는 날도 생겼다. 이웃의 슬픔은 나의 슬픔이기도 했으니까.

그해 2월 1일 미얀마에서 군부 쿠데타가 발생했다는 소식이 날아들었다. 미얀마에 사는 친구들이 떠올랐다. 한국으로 정치적 망명을 왔다가 귀국했던 마웅저, 내전을 피해 태국으로 이주했다가 돌아갔던 타오. 에스엔에스에 접속했다. 마웅저는 '시민불복종운동'에 나섰다는 소식을 전했고, 타오는 '세 손가락 경례(저항의 상징)' 사진을 올린 후론 소식 두절이었다. 타오에게 메시지를 보냈다.

"타오, 무사하니?"

타오를 처음 만난 건 태국의 치앙라이, 동남아시아의 무더위로 살갗 접히는 부위마다 땀띠가 돋던 무렵이었다. 나는 선선한 기후를 찾아 태국의 최북단 주로 향했다.

골든트라이앵글(태국·미얀마·라오스 3국의 국경지대)과 접한 치앙라이 주로 들어섰다. 한때 아편 생산지로 유명했던 지역이었다. 마약왕은 골든트라이앵글 인근 고산족에게 양귀비를 키우게 하고 아편을 사들였다.

마약왕이 투항하고 마약 단속이 강화되면서 고산족은 양귀비 대신 녹차밭을 일구거나 관광업으로 눈을 돌렸다. 아카족, 카렌족 등 고산족은 숲속에 방갈로를 짓고, 오지 트레킹 프로그램에 참여하기 시작했다. 서구 여행자들이 공정여행, 에코투어리즘 등 선의로 꾸려진 프로그램의 주요 소비자가 되었다. 태국의 아유타야 숙소에서 만났던 일본인 토모코가 말했던 오지마을도 그런 곳이었으리라.

"난 치앙마이보다 조용한 산골에서 휴식할 수 있었던 치앙라이가 더 좋았어."

치앙라이 버스터미널에 도착한 오후, 배낭을 등에 지고 주차장을 나서는데 체구가 작고 짧은 머리칼의 청년이 내게 다가왔다.

"너는 어느 나라에서 왔니?"

"한국!"

"숙소는 예약했니?"

"아니."

사내가 '아카힐하우스'라고 적힌 브로슈어를 내밀었다. "아카족이 운영하는 홈스테이야. 여기서 30킬로미터쯤 떨어진 도이항에 있어. 산속이라 시원하고 지내기에 좋아." 반짝이는 눈, 또렷한 영어 발음. 여행자들에게 숙소를 소개하는 여리꾼이지만 당당했고, 신뢰감 가는 목소리였다.

"이곳까진 어떻게 가?"

"저기 서 있는 차로 픽업해. 10분쯤 손님을 더 기다려본 뒤 출발할 거야."

"좋아. 내 이름은 로, 넌?"

"타오!"

더 이상 기다려도 손님은 나타나지 않았다. 픽업트럭에 올라탔다. 조수석에 앉으며 그에게 물었다.

"너도 아카족이니?"

"그렇긴 한데 내 고향은 미얀마야."

"라오스에서 아카족을 만난 적이 있었는데…."

"아카족의 시조는 티베트에서 살았어. 차츰차츰 남동쪽으로 이

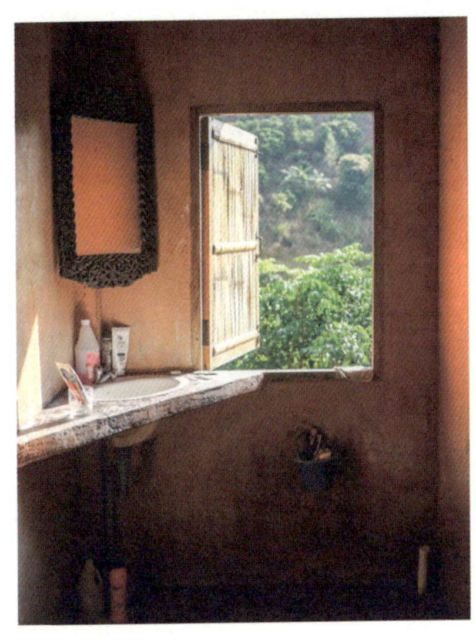

동해서 지금은 미얀마, 태국, 라오스, 중국 윈난성 등지에 살아."

"아카족 시조가 누군데?"

"슴미 오. 아카족 남자는 1대부터 자기 아버지까지 조상의 이름을 외울 줄 알아야 해. 그리고 아버지부터 위로 6대까지 같은 이름의 조상이 있으면 결혼할 수 없어, 근친이니까. 다 왔다. 저 언덕만 넘으면 숙소야."

비탈진 녹차밭 사이 비포장도로를 지나 아카힐하우스에 닿았다. 아카족 여인이 방을 안내해 주었다. 황토집, 굵은 대나무로 만든 침대, 대나무 잔가지를 잘라서 만든 옷걸이, 선선한 날씨, 울창한 숲. 여행자가 쉬어 가기에 참 좋은 곳이었다. 배낭을 내려놓았다.

아카족 마을에 깃든 숙소에서 지내며 낮에는 녹차밭을 산책하거나 근교의 후아이깨우 폭포까지 다녀오곤 했다.

해 진 후엔 치앙라이 버스터미널에서 여행자를 태우고 숙소로 돌아온 타오와 식사하며 이야기를 나누곤 했다. 나는 주로 그의 고국 미얀마 정세에 관해 물었고, 그가 대답했다. 미얀마 상황은 마치 알렉산더 앞에 던져진 고르디우스의 매듭처럼 싹둑, '평화라는 이름의 칼'로 자르지 않으면 풀기 어려운 문제였다.

"모든 문제는 영국이 버마를 식민지배하면서 시작되었어. 영국은 버마 왕국을 무너뜨린 후 미얀마를 인도의 한 개 주로 편입시켰어. 영국 관리가 1등 계급, 이주해 온 인도인이 2등 계급, 농사짓는 대다수 버마인은 3등 계급으로 핍박 당했지. 아웅산 장군은 영국을 몰아내기 위해 일본군 공작부대를 찾아가 군사훈련을 받았어. 함께 훈련받았던 서른 명을 '30인의 동지'라고 부르지.

세계대전이 발발했고, 영국이 전쟁에 참전한 틈을 노려 아웅산 장군은 일본군과 함께 영국을 몰아냈어. 근데 물러나겠다던 일본군이 약속을 지키지 않았지. 그리곤 유럽의 전황이 수습되면서 영국이 버마로 되돌아왔어. 그들은 버마 내 로힝야족, 카렌족, 카친족 등 소수 부족에게 자치권을 주겠다며 무기를 제공하고 불교도인 버마 독립군과 싸우도록 만들었지.

영국으로부터 독립하려고 벌인 전쟁이 버마 내전이 되고 말았어. 우여곡절 끝에 일본군이 후퇴하고 아웅산 장군이 주도권을 잡았어. 근데 독립을 코앞에 두고 그는 폭탄 테러로 사망했어.

Ching Rai

아웅산 장군의 동지이자 오른팔이던 우 누가 수상이 되었는데 당파 싸움이 끊이지 않았어. 독립군 총사령관 출신이던 네 윈이 잠깐 정부를 맡기로 했지. 1년 뒤 공식 선거가 치러졌어. 우 누가 이끄는 당이 다수석을 차지했고 문민정부가 들어섰지. 그러나 한번 권력의 맛을 봤던 네 윈은 쿠데타를 일으켜 스스로 최고 권력자에 올랐어.”

“아웅산 수치는 네 윈의 독립군 시절 동지의 딸인 거네?”

“그런 셈이지. 영국에서 머물던 수치가 어머니 간호를 위해 귀국했을 때, 시위대를 지지한다고 말하면서 민주주의의 상징이 되자 네 윈은 수치를 가택연금 시켜버렸지.”

“너는 어쩌다 태국으로 온 거니?”

“네 윈은 로힝야족, 카렌족, 카친족 등 소수 부족을 싫어했어. 내전이 끊이지 않았고, 샨주에 있는 내 고향도 평화로울 날이 없었지. 나는 내전을 피해 태국으로 넘어왔어. 임시 체류증을 받아 여기서 지내곤 있지만 시민권도 재산권도 없어.”

“너희 아카족도 수치를 지지하니?”

“저마다 생각이 다르겠지만 나는 지지해. 군인이 정권을 차지하고 있는 한 평화는 오지 않아. 그들에게 미얀마 내 소수 부족은 독재를 유지하기 위한 ‘필요악’ 같은 거니까.”

아카족 마을을 떠나던 날, 타오가 운전하는 픽업트럭 짐칸에는 치앙라이 시내로 출근하는 마을 청년이 타고, 나는 조수석에 앉았다. 녹차밭 사이를 지날 즈음 엄지손가락을 들고 서 있는 유럽인

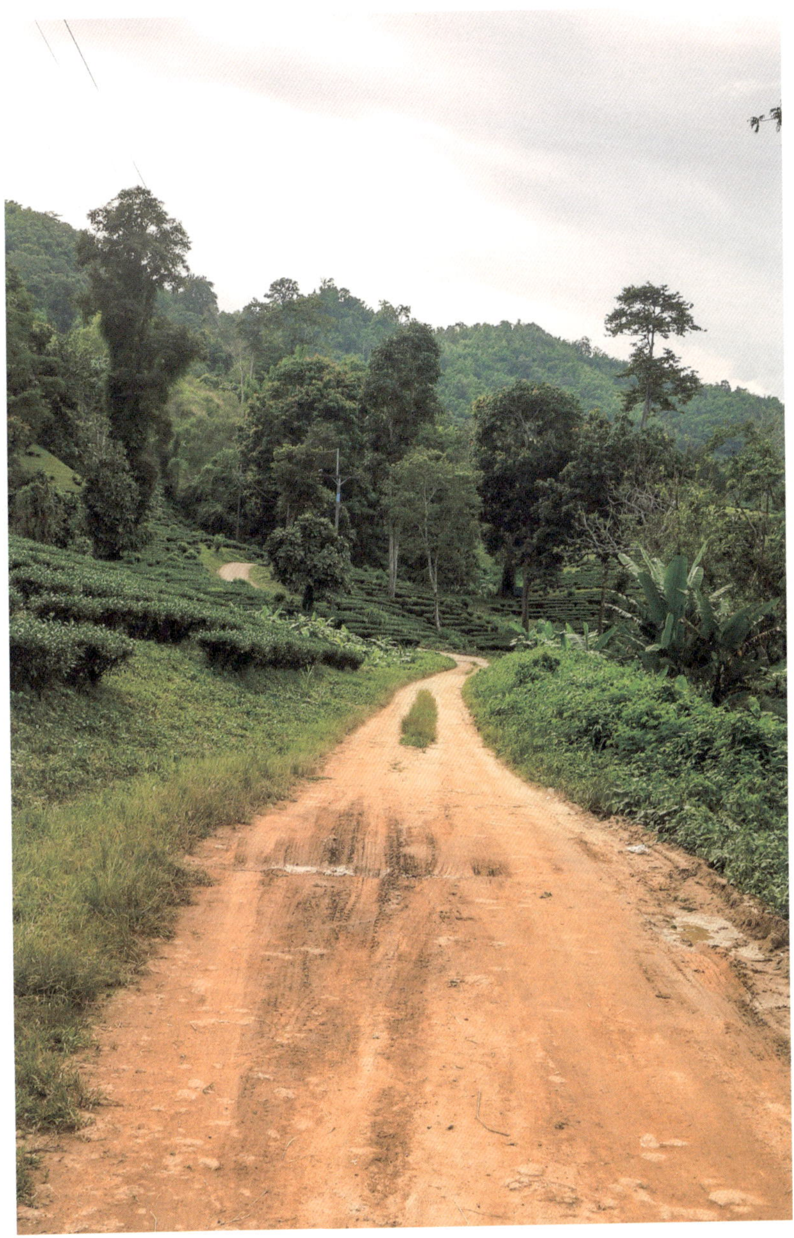

Ching Rai

여행자를 만났다. 타오가 차를 멈추자 그가 말했다.

"버스정류장까지 좀 태워줄래? 곧 내가 탈 버스가 도착할 거거든. (그리고 한마디 덧붙였다.) 아이 돈 해브 타임."

그러자 타오가 하하하, 웃으며 응수했다.

"뭐, 시간이 없다고? 그렇다면 너는 이미 죽은 사람이군! 살아 있는 모든 존재는 시간을 갖고 있거든. 내 차에 송장을 싣고 싶진 않은데!"

타오의 응답에 차 안의 사람들이 한꺼번에 웃음을 터트렸고 길 위의 여행자는 당황한 표정을 지었다. 곧 타오가 농담이었다며 그를 태우고 다시 출발했다. 농담이라지만 왠지 두 사람이 나눈 대화가 농담 같지 않았다. 살아 있는 모든 존재는 시간을 갖고 있다.

귀국한 후로도 타오와 종종 연락을 주고받곤 했다. 골든트라이앵글을 다루는 EBS 세계테마여행에 출연하게 되었을 땐 현지 큐레이터로 타오를 추천하기도 했다. 우리는 다시 만났고, 타오의 헌신적 도움 덕분에 태국의 송끄란 축제를 방송에 고스란히 담을 수 있었다.

그로부터 얼마 지나지 않아 아웅산 수치는 가택연금에서 풀려났다. "드디어 미얀마에도 민주주의가 싹트기 시작했다."며 타오는 고국으로 돌아갔다. 나는 그의 귀국을 응원했다.

그러나 우리의 바람과 달리 2021년 2월 1일 미얀마에서 쿠데타가 다시 일어났다. 2월 19일 군인이 쏜 실탄에 맞아 발생한 첫 사망자를 시작으로 현재까지 청소년 포함 민간인 사망자 수가 8,000명을 넘어섰다.

2022년 2월 24일 우크라니아와 러시아 사이에 전쟁이 발발했다. 현재까지 노약자 포함 민간인 사망자 수가 1만 3,000명을 넘어섰다.

2023년 10월 7일 팔레스타인과 이스라엘 사이에 전쟁이 발발했다. 현재까지 어린아이 포함 민간인 사망자 수가 5만 명을 넘어섰다.

침묵이 묻는다. 두 유 해브 타임?

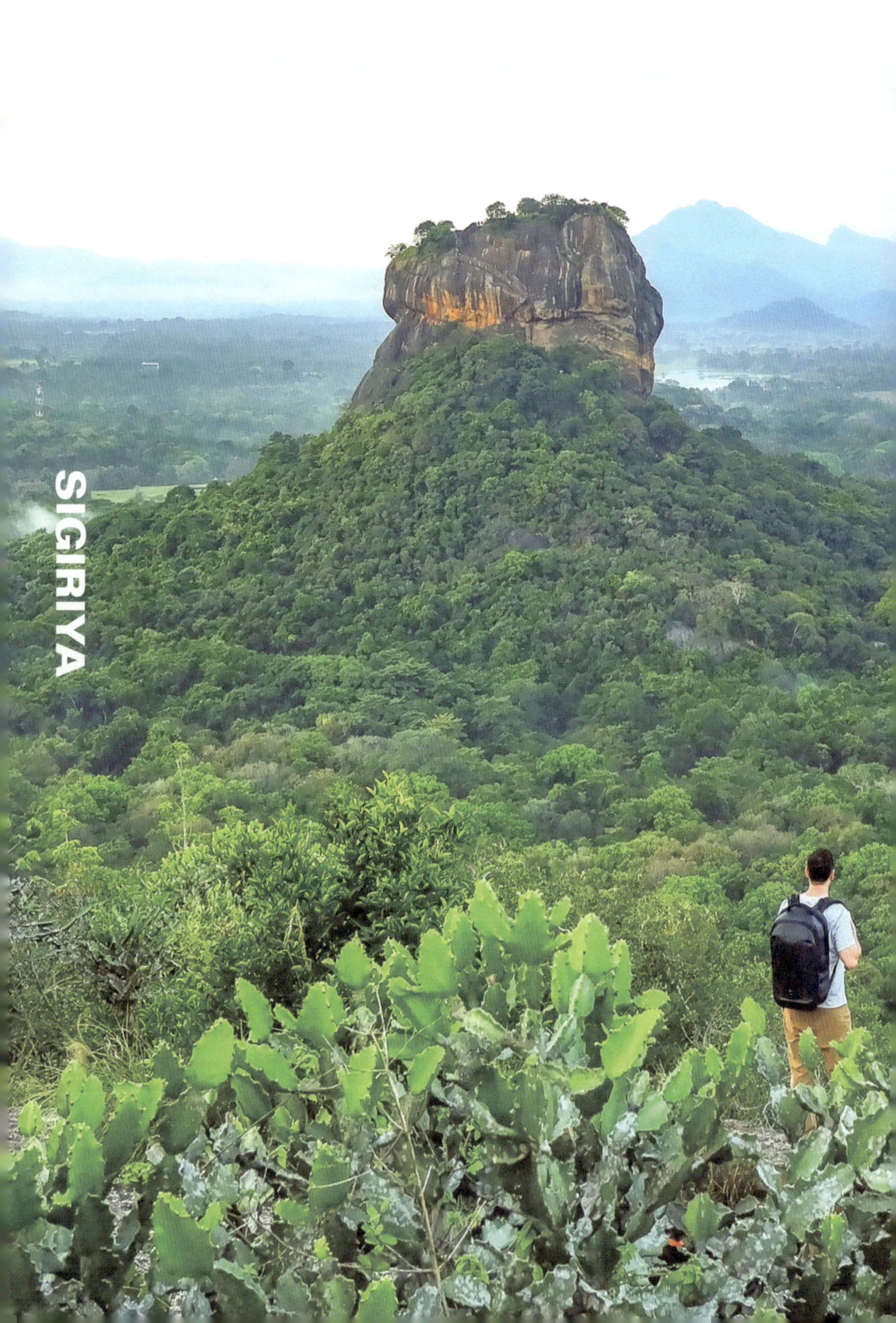
SIGIRIYA

스리랑카
시기리아
SRI LANKA

인도의 끝자락, 낙원의 샘

인도 대륙 남쪽 끝에 여우 꼬리처럼 이어진 땅이 있었다. 빙하기가 끝나며 해수면이 상승하기 시작했다. 꼬리 줄기는 바닷속으로 잠기고, 물방울 모양의 꼬리 뭉치는 섬이 되었다. 신화에 의하면 이 섬엔 야카족과 나가족이 살았다고 한다. 야카족은 정령, 나가족은 코브라 사람, 반인반수로 묘사된다.

2,600년 전 인도의 비자야 왕자가 700여 명의 추종자를 데리고 바다를 건너 이 섬에 탐바파니 왕국을 세웠다. 알렉산더의 동방 원정 후 왕국의 이름은 헬레니즘 문화권에도 전해졌고, 그리스식으론 '타프로바네'로 불렸다. 밀턴의 〈실락원〉에도 등장한다. 이브를 유혹했던 뱀(사탄)이 은신처에서 나와 배회하고 방황하던 장소로.

"…인도의 끝자락, 섬. 타프로바네…"

까마득히 잊힌 왕국의 이름을 20세기에 다시 끄집어낸 사람은 아서 클라크다. SF문학계에선 아서 클라크, 아이작 아시모프, 로버트 하인라인을 3대 거장으로 꼽는다. 아서 클라크의 이름에는 경(Sir)이란 호칭도 붙는다. 영국인이라는 것을 알 수 있다. 그러나 그가 인생의 반 이상을 스리랑카에서 지냈다는 걸 아는 이는 많지 않다.

영국에서 태어난 아서 클라크는 마흔 살이 되던 1956년부터 2008년 죽는 날까지 스리랑카에서 살았다. 스탠리 큐브릭과 함께 각본을 쓴 〈2001 스페이스 오디세이〉, 〈듄〉 시리즈의 감독 드니 빌뇌브의 차기작이 될 〈라마와의 랑데부〉, '과학 3 법칙'이 실린 〈미래 프로파일〉을 집필한 곳도 스리랑카였다.

2차 대전 중 공군 장교로 복무했던 아서 클라크는 독특한 아이디어를 창안했다. '위성통신을 지구 자전 속도와 같은 정지궤도에 올려놓는다면?' 이를 소재로 논픽션 〈행성간 비행〉을 썼고 그의 상상은 곧 현실이 되었다. 국제천문학연맹에선 적도 위 3만 6,000킬로미디 지구 성지궤도를 '클라크 궤도'라고 부른다.

그의 아이디어 덕분에 전 세계 동시 실황중계가 가능한 세상이 되었고, 그의 소설 〈프랑켄슈타인을 위해 다이얼 F를 돌려라〉에서 영감을 얻은 팀 버너스 리는 월드와이드웹(www)을 발명했다. 현재 소행성 충돌 방지를 위한 미국 나사의 '스페이스 가드'도 그의 소설 〈라마와의 랑데부〉에서 다룬 소혹성 충돌 사건으로 인해 가동되기 시작한 지구 방어 시스템이다.

SF문학계의 노벨상인 휴고상과 네뷸러상을 동시 석권한 〈낙원의 샘〉은 22세기의 타프로바네, 즉 스리랑카가 무대다. 그는 '실재 국가 스리랑카'에 약간의 변형을 가해 '가상 국가 타프로바네'를 만들어냈다.

나는 수도 콜롬보에 도착한 후 소설 속 배경이 되는 시기리아로 향했다. 먼저 기차를 타고 폴론나루와로 갔다. 시기리아에는 기차역이 없기 때문이었다. 숙소에 배낭을 내려놓고 산책에 나섰다. 해 저무는 풍경을 어디서 볼까? 파라크라마 사무드라로 가자! 고대 싱할라 왕국의 수도이자 유네스코 세계문화유산인 폴론나루와에는 거대한 인공호수가 있다.

고대의 관개시설은 왕권의 상징이었다. 파라크라마바후 1세는 "한 방울의 빗물도 바다로 흘러가지 않게 하라!"는 명령을 내리고 14킬로미터에 이르는 제방, 홍수 조절용 수문을 짓고 5개 저수지를 연결하여 인공호수를 만들었다. 우기에 내린 비를 저장해 건기 때 농토에 물을 댔다. 삼모작이 가능해졌고 도시 인구가 10만 명으로 늘었다. 천 년 전에 건설한 인공호수인데, 그 면적은 20세기 한국에서 건설한 대청호와 맞먹는다. 서쪽으로 해가 졌다. 호수가 핏빛으로 물들었다.

나는 〈낙원의 샘〉 중 주요 인물 카사파와 얽힌 또 다른 호수를 떠올렸다. 왕에게 두 아들이 있었다. 후궁에게서 태어나 태자가 될 수 없었던 형 카사파는 왕위를 찬탈하고 아비를 감옥에 가두었다. 동생은 인도로 도망쳤다. 아비에게 숨겨둔 보물이 있다고 여긴 카사파는 보물의 행방을 물었지만, 아비는 침묵했다. 죽음을 면치 못할 거라고 협박하자 마침내 아비가 말했다.

"보물을 보고 싶다면 호숫가로 데려가 달라!"

카사파는 아비를 데리고 궁을 나섰다. 아비는 호숫가에 이르러 감회에 잠겼다. 카사파가 다그쳤다. "보물은 어디에 있습니까?" 아비가 답했다. "이 호수가 가장 소중한 보물이다. 이 호수에 흘러들어온 물로 나는 백성의 삶을 풍요롭게 만들었다." 기대와 어긋난 답변에 카사파는 아비를 죽였다고 전해진다.

다음 날 폴론나루와에서 버스와 택시를 갈아타며 시기리아로 갔다. 섭씨 32도까지 기온이 오른 날이었다. 물론 스리랑카에선 특별히 무더운 날도 아니었다. 적도와 가까운 섬은 연중 섭씨 30도를 오르내린다.

외국인 관광객들은 콜롬보에 도착하면 주로 해발고도 1,000미터가 넘는 엘라로 가서 선선한 날씨 속에서 지내거나 차라리 해변에서 해수욕을 즐기며 지낸다. 그 외 스리랑카 저지대에서 야외활동 시에는 시간을 심각하게 고려해야 한다. 가령 시기리아 공중 궁전을 오전 10시 이후 방문할 계획이라면 가지 않느니만 못 할 수 있다.

시기리아 공중 궁전은 잉카가 건설한 마추픽추보다 더 오래되었고 난도가 더 높은 건축이다. 드넓은 평원 위에 솟은 높이 200미터의 화강암, 거의 수직으로 치솟은 벼랑 위로 돌을 끌어 올려 궁전을 짓고, 연못을 파고, 절벽을 따라 벽화를 새겼다. 그럼에도 '경이롭다'는 찬탄과 '그저 그렇다'는 평가가 공존한다.

같은 장소라도 동트기 전과 후, 다른 시간대에서 시기리아 공중 궁전을 경험했기 때문이다. 가령 한낮의 내리쬐는 햇볕, 90퍼센트 넘는 습도, 직사광선에 달궈진 바위 위에서 찬탄을 터트릴 정도로 강인한 사람은 많지 않다.

나는 잠을 청한 후 다음 날 동트기 전 숙소를 빠져나왔다. 새벽 5시면 티켓 창구가 문을 연다. 입장권을 산 뒤 정원을 지나 손전등으로 길을 비추며 계단을 올랐다. 돌사자의 발에 이르자 미명이 밝아왔다. 1,600년 전엔 사자가 입을 벌리고 있었고, 사람들은 그 입을 통과하여 공중 궁전으로 올라갔다고 한다.

폐허가 된 유적이 발견된 후 스리랑카인이 벼랑을 따라 설치한 철제 계단은 조잡했다. 안전망도 없었다. 후들후들하며 계단을 올랐다. 마침내 다다른 정상, 공중 궁전 입구로 들어설 무렵 동쪽에서 퍼지는 붉은 기운이 나를 맞이했다. 그리고 360도 파노라마 뷰가 펼쳐졌다.

세계 어느 곳을 가도 이런 공간은 없다. 마치 거대한 숲이나 평원 혹은 사막 가운데 70층 높이 전망대를 세우고 정상에서 파노라마 뷰를 보는 것 같다. 시기리아 공중 궁전을 지은 카사파 왕은 360도 열린 공간에서 해 뜨고 지는 것을, 달 뜨고 지는 것을 보았으리라. 마치 고대 천문대 같았다.

이집트 피라미드에선 같은 경험을 할 수 있을까? 그러나 파라오

도 뜨는 해와 지는 해, 뜨는 달과 지는 달, 별이 자리바꿈하는 광경을 매일 감상할 수는 없었으리라. 피라미드 꼭대기에 궁전을 짓지는 않았으니까. 사막이나 평원 가운데 우뚝 솟은 궁전을 지은 자만이 체험할 수 있는 공간을 1,600년 전에 만든 이가 있었다. 그가 카사파다. 아비를 죽이고 수도를 시기리아로 옮기고 공중 정원을 건설했던 것이다.

흥미로운 건 스리랑카인은 외국인과 달리 '카사파 왕이 아비를 죽였다'는 점에 대해 개의치 않는 듯한 눈치다. 심지어 내가 묵는 숙소 이름도 '호텔 카사파'다. 카사파는 훗날 군대를 정비하고 왕위를 되찾으러 온 동생을 맞아 전투를 벌이던 중 자살했다. 스리랑카인은 '아비에게 행한 행위'와 '자살'에 대해 카르마일 뿐이라고 응수한다. 대신 크레인도 없던 시절 공중 궁전을 지은 건축 기술, 궁전 저수지와 200미터 아래 도시 정원을 연결해서 만든 유압 분수, 유네스코 위원회로부터 "당대 세계 최고 수준"으로 인정받은 프레스코 벽화 등 스리랑카의 고대 건축, 예술, 도시 계획의 정수를 보여준 왕으로 여긴다.

"카사파 왕 덕분에 우리의 역사가 빛난다!"

유네스코 세계문화유산이기도 한 시기리아 록은 아서 클라크의 〈낙원의 샘〉에서 주요한 장소로 등장한다. 소설에선 카사파 왕을 칼리다사 왕으로, 우주 엘리베이터 플랫폼을 건설할 스리파다(애덤스 피크)를 시기리아에서도 보일 정도로 가까이 당겨놓은 후 명칭을 바꿨을 뿐이다. 큰 틀에선 실재하는 스리랑카와 크게 다르지 않다.

시기리아 공중 궁전의 면적은 1.6헥타르(1만 6,000제곱미터)에 이른다. 가장 높은 곳에 자리한 왕의 처소에서 주변 건물과 저수지 등 고대 유적을 다 둘러보려면 서너 시간은 훌쩍 지나간다. 나는 그 길을 거닐며 세 명의 남자를 떠올렸다. 5세기에 공중 궁전을 짓던 '카사파', 20세기에 스리랑카에서 인류의 미래를 담은 소설을 집필하던 '아서 클라크', 22세기에 우주 엘리베이터를 건설하는 공학자 '모건(소설 속 주인공)'. 한 사람은 과거의 인물이고, 한 사람은 현재의 인물이고, 또 한 사람은 미래의 인물이지만 '가능성의 한계를 발견하려던 점'에선 모두 같은 인물이다.

Sigiriya

만약 스리랑카의 시기리아, 아누라다푸라, 스리파다를 다녀온
후 〈낙원의 샘〉을 읽는다면 아서 클라크가 소설 속 인물의 경험을
통해 자기 이야기를 한다는 것을 눈치챌 것이다. 〈낙원의 샘〉은 아
서 클라크가 쓴 스리랑카 여행기이기도 하다.

며칠간 시기리아에 머문 후 콜롬보로 돌아왔다. 그리고 아서 클
라크가 생전에 살았던 집을 찾아갔다. 스리랑카 주재 이라크 대사
관 옆이 아서 클라크가 살던 집이다. 공식 박물관은 아니지만 "방

문해도 되나요?"라고 묻자 관리인이 흔쾌히 문을 열어주었다.

내부는 아서 클라크가 살던 시절 모습 그대로 보존되어 있었다. 그가 사용했던 침대, 읽었던 책, 보았던 영화 테이프, 들었던 LP판까지. 그리고 집필 방 책상 뒤엔 의자 대신 휠체어가 놓여 있었다.

유년 시절 소아마비를 앓았던 아서 클라크는 스리랑카에서 지내는 동안 우주를 유영하듯 시간을 보낼 수 있는 스쿠버 다이빙에 심취했다. 그리고 죽는 날까지 어린아이처럼 밤하늘을 보며 상상의 나래를 펼쳤다.

그가 상상했던 많은 것이 실현되었다. 만능복제기를 비롯해 아직 실현되지 않은 것도 머잖아 실현될 것이다. '불가능하다'거나 '어린아이 공상 같다'고 말하는 이가 있다면 아서 클라크의 과학 3법칙을 되새겨보아야 하리라.

1법칙: 저명한 과학자가 어떤 것이 '가능하다'고 말하면 이는 거의 확실히 옳다. 그러나 그가 어떤 것이 '불가능하다'고 말하면 그 발언의 대부분은 틀리다.

2법칙: 가능성의 한계를 발견하는 유일한 방법은 불가능의 영역으로 살짝 들어가보는 것이다.

3법칙: 충분히 발달한 과학기술은 마법과 구별할 수 없다.

나는 관리인에게 인사하고 아서 클라크의 집을 나왔다. 그리고 그 집에서 1.5킬로미터가량 떨어진 콜롬보 중앙묘지로 갔다. 스리랑카인 묘비들 사이에 아서 클라크의 무덤이 있었다. 가져간 꽃을 그 앞에 내려놓았다. 묘비에는 이렇게 씌어 있었다.

He never grew up,
but he never stopped growing
그는 결코 철들지 않았지만,
성장하길 멈추지도 않았다.

KANDY, ANURADHAPURA

스리랑카
캔디, 아누라다푸라
SRI LANKA

우연히 발견한 행운, 세렌디피티

세렌디프란 섬나라가 있었다. 왕은 현자에게 세 왕자를 가르치게 했고, 교육의 마지막은 경험을 통해서 이뤄진다고 여겼기에 바다 너머 대륙으로 세 왕자를 내보냈다. 왕자들은 페르시아를 방랑하던 중 낙타가 지나간 흔적을 봤는데, 얼마 후 낙타를 잃어버린 사람을 만났다. 그들은 낙타 주인에게 물었다.

"낙타가 절름발이고, 한 눈이 멀었으며, 이가 빠졌고, 임신한 여인이 탔으며, 낙타 오른쪽엔 꿀단지, 왼쪽엔 버터 단지를 매달고 있지 않았나요?"

그들이 낙타를 훔쳤다고 낙타 주인은 황제에게 고발했다. 재판정의 황제가 왕자들을 추궁했다. "너희가 낙타를 보지 않았다면 어떻게 그 낙타에 대해 정확히 알 수 있느냐?" 세 왕자가 답했다.

"낙타가 지나간 흔적에서 한쪽 풀만 먹었기에 한 눈이 멀었음을 알았고, 뜯긴 풀이 이빨 크기만큼 남았기에 이 빠진 부분이 있음을 알았으며, 발자국 하나가 끌린 자국으로 보아 절름발이라는 걸 알았습니다. 발자국 오른쪽으론 개미가, 왼쪽으론 파리가 있는 것으로 봐서 꿀단지와 버터 단지가 좌우로 매달려 있을 거라고 짐작했습니다. 그리고 낙타가 무릎 꿇은 자국 옆에 소변 자국이 있었는데 한 손 짚은 자국으로 보아 임신부라고 추측했습니다.”

황제는 그들의 통찰력에 감탄해 자신의 고문으로 삼았다고 전해진다. 이 이야기는 실크로드를 따라 유럽으로 전해졌고, 영국 작가 호레이스는 여기서 착안해 신조어를 만들어냈다. ‘우연히 발견한 행운’을 뜻하는 세렌디피티(Serendipity)의 기원이다.

왕자들이 나고 자란 ‘세렌디프’를 마르코 폴로는 〈동방견문록〉에서 ‘세이란’이라고 불렀다. 고대 ‘메이드 인 차이나’ 지도에선 ‘서란’으로 표시되어 있다. 대항해 시대에 이르러 유럽 열강이 이 섬에 눈독을 들였다. 포르투갈은 ‘세이로우’, 네덜란드는 ‘사일란’이라고 불렀다. 각축 끝에 영국이 섬을 차지했다. 홍차의 나라로 알려진 실론(Ceylon)이다.

한동안 영국 식민지였던 까닭에 사람들은 실론을 인도 일부처럼 여기곤 했다. 2차 대전 후 독립하면서 ‘성스러운’이란 의미의 스리(Sri)와 전설의 왕국 ‘랑카(lanka)’를 합쳐 나라 명을 새로이 정했다. ‘인도양의 보석’이라 불리는 스리랑카이다.

                                   Kandy, Anuradhapura

　거대한 인도에 묻혀 스리랑카(실론)에 얽힌 문화사적 사실과 의미
는 널리 알려지지 않았다. 인디아나 존스의 모델이자 영화 〈잃어버
린 도시 Z〉의 탐험가 퍼시 포셋이 복무했던 해군기지도 실론에 있
다. 군 생활 중 수중에 넣은 보물 지도는 그의 탐험 욕에 불을 붙이
는 계기가 되었다.

　퍼시 포셋의 친구로서 훗날 신비주의에 심취했던 코난 도일도
실론을 찾았던 작가 중 한 명이다. 마크 트웨인도 실론을 방문했던
유명인이다. 그리고 누구보다 헤르만 헤세를 빼놓을 수 없으리라.

헤르만 헤세의 〈인도기행〉은 1911년 9월 초부터 3개월간 여행했던 기록을 담은 에세이다. 인도 기행이라지만 여정은 인도를 포함해 실론, 인도네시아로 삼등분된다. 당시 서른네 살의 헤세는 이탈리아 제노바항에서 증기선을 타고 수에즈 운하를 지나 인도로 갔다.

헤세는 낯선 기후와 음식에 적응하지 못했다. 결국 인도에 간 지 보름 만에 실론 섬으로 이동했다. 콜롬보항에 도착한 헤세는 산악도시 캔디로 갔고, 부처의 치아를 모신 사찰을 방문했다. 이런 경험들이 축적되어 나온 작품이 〈싯다르타〉다.

수도 콜롬보의 원래 이름은 싱할라어로 '무성한 망고나무'를 뜻하는 콜라 암보였다. 그랬는데 포르투갈인이 들어온 후 콜럼버스의 포르투갈식 발음인 콜롬보로 불렀고, 그 이름으로 굳어졌다.

나는 콜롬보에서 캔디로 가는 기차로 옮겨 탔다. 캔디! 처음 그 도시의 이름을 들었을 때 너무 달콤해서 입 안에 침이 고였다. 물론 알고 보니 C가 아니라 K였지만. 캔디는 해발고도 500미터에 자리한 도시다. 덜컹덜컹 기차가 고도를 높이며 북상하는 동안 나는 호주머니에서 〈밀린다왕문경〉을 꺼내 읽었다.

10년이 넘었다. 국외 여행 때마다 '어느 책을 들고 나가지?' 하고 고를 때마다 호주머니에 쏙 들어가는 〈밀린다왕문경〉을 집어넣고 길을 떠났다. 평원을 지나는 기차 안에서, 안데스를 지나는 버스 안

    Kandy, Anuradhapura

에서, 터미널에서, 공원에서 작은 책을 꺼내 읽었다.

〈밀린다왕문경〉은 아주 특이한 경전이다. 알렉산더의 동방 원정 후 그리스인들이 현재의 아프가니스탄, 타지키스탄, 우즈베키스 탄, 투르크메니스탄 일부까지 아우르는 지역에 세운 왕국이 있었 다. 박트리아다. 인도 북서부까지 영토를 넓히며 전성기를 이끌었 던 이가 메난드로스, 한자어로 '밀린다 왕'이다.

헬레니즘 철학에 정통했던 그는 불교 승려들에게 문답법(소크라테 스식 대화)으로 묻곤 했다. 논쟁에서 그를 이길 자가 없었다. 그러다 나가세나를 만났다.

"그대의 이름은 무엇입니까?"

"나는 나가세나라고 알려져 있습니다. 그러나 나가세나라는 이름은 명칭, 호칭, 가명, 통칭에 지나지 않습니다."

"그렇다면 나가세나라고 불리는 것은 무엇입니까? 머리털, 손톱, 살, 힘줄, 뼈, 염통, 간장, 폐, 창자, 위, 담즙, 고름, 피, 땀, 눈물 등이 나가세나입니까? 물질적 형태(색), 느끼는 작용(수), 표상의 작용(상), 형성하는 작용(행), 식별하는 작용(식)입니까? 이들을 합친 오온(五蘊)이 나가세나입니까? 오온을 제외한 무엇이 나가세나입니까?"

나가세나는 모두 아니라고 대답했다. 그러자 왕이 되물었다.

"나는 그대에게 물을 수 있는 데까지 다 물어보았으나 나가세나를 찾아낼 수 없었습니다. 나가세나란 빈 소리에 지나지 않습니다. 그렇다면 우리 앞에 있는 나가세나는 누구입니까? 그대는 '나가세나는 존재하지 않는다'고 진실이 아닌 거짓을 말씀하였습니다."

그러자 나가세나가 물었다.

"왕이여, 수레를 타고 왔다면 무엇이 수레인가를 설명해 주십시오. 수레의 체가 수레입니까? 굴대입니까? 바퀴나, 차체나, 차틀이나, 멍에나, 밧줄이나, 바큇살이나, 채찍이 수레입니까?"

밀린다 왕은 모두 아니라고 대답했다. 그러자 나가세나가 되물었다.

Kandy, Anuradhapura

"나는 그대에게 물을 수 있는 데까지 다 물어보았으나 수레를 찾아낼 수 없었습니다. 수레란 단지 빈 소리에 지나지 않습니다. 그렇다면 그대가 타고 왔다는 수레는 대체 무엇입니까? 그대는 '수레는 존재하지 않는다'고 진실이 아닌 거짓을 말씀한 셈이 됩니다."

"수레는 이들 모든 것, 즉 수레채, 굴대, 바퀴, 차체, 차틀, 밧줄, 멍에, 바큇살, 채찍 따위를 가지고 있기에 그것에 반연하여 '수레'라는 명칭이나 통칭이 생기는 것입니다."

"마찬가지로 나에게 질문한 모든 것, 인체가 만들어내는 서른세 가지 물질과 존재의 다섯 가지 구성요소를 반연하여 '나가세나'라는 명칭이나 통칭이 생기는 것입니다."

논쟁에서 한 번도 진 적 없었던 밀린다 왕은 인생 맞수를 만났다. 왕은 대화를 잇기 위해 나가세나를 거듭 만나 묻고 물었다. 여기에 동양의 흔한 선문답 같은 건 없다. 밀린다 왕은 서양식 논리로 묻고 나가세나는 빈틈없이 답한다. 10년 넘게 읽으면서 나는 매번 감탄한다. 2,200년 전 동서양 사이에서 이뤄진 불꽃 튀는 문답이다.

인도양의 보석이라 불리는 스리랑카는 물방울 모양의 섬, 가운데 봉긋 솟은 부위에 해당하는 도시 캔디에 드디어 기차가 도착했다. 캔디는 스리랑카 마지막 왕국의 이름이기도 하다. 침략자 포르투갈, 네덜란드에 저항했지만 결국 영국에 무릎을 꿇었던 마지막 왕국.

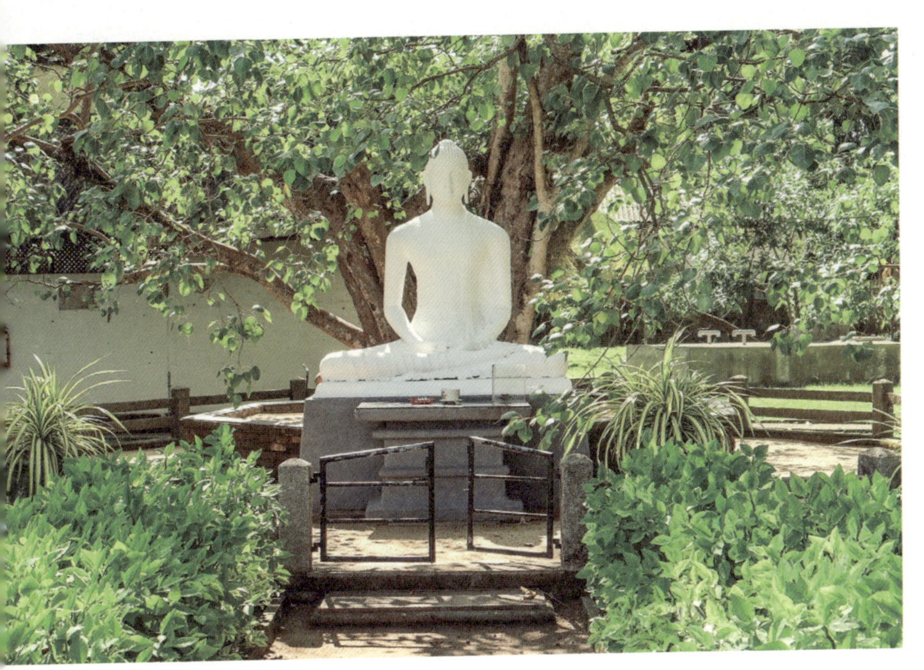

200년 전에 조성된 인공호수 키리 무후다 곁에 옛 왕궁과 부처의 치아 사리를 보관해 둔 불치사(스리 다리다 말리가와)가 있다. 사실 세계 곳곳에 부처의 치아 사리를 모셨냐고 주장하는 사찰이 있다. 서른 곳이 넘는다. DNA를 분석하지 않았으니 진위를 알 수는 없다. 그러나 단 한 곳에 대해선 아무도 이의를 제기하지 않는다. 스리랑카 캔디의 불치사 치아 사리.

일찍이 인도의 아소카는 불교를 장려했던 왕이다. 그가 점령했던 칼링가 왕국은 치아 사리를 보존하던 중 외부의 침공을 받자 치아 사리를 보호하기 위해 바다 건너 불교국 스리랑카로 보냈고, 이를 보관해 온 스리랑카에선 조선의 옥새처럼 부처의 치아 사리를

Kandy, Anuradhapura

가진 왕이 정통성을 갖는 전통이 이어져 왔다.

사찰 입장권을 끊고 나는 부처의 치아가 안치된 곳으로 들어갔다. 그러나 진품 치아 사리를 직접 볼 수는 없었다. 국가 상징으로 반정부 세력의 공격 대상이기도 했던 까닭에 7겹 금고에 보관되어 있기 때문이다.

치아 사리를 직접 보지 못했지만 실망하진 않았다. 나의 머리카락, 피부, 털, 손톱, 뼈, 치아, 피, 땀이 내가 아니듯 부처의 치아가 부처는 아니지 않은가?

스리랑카에는 부처의 치아 사리 외에도 생물학적 부처와 직접 잇닿는 또 다른 보물이 있다. 싯다르타는 왕국을 떠나 방랑하던 중 인도 보드가야의 나란자라 강변 보리수 아래서 깨달음을 얻었다고 전해진다. 바로 그 보리수를 스리랑카에 옮겨 심었고 2,300년째 초록 잎을 틔운다.

아소카 왕의 딸이자 승려였던 상감미타가 보드가야의 그 보리수 가지가 뿌리 내린 삽목을 가져와 아누라다푸라의 사찰에 심었기 때문이다. 현재까지 인간이 심은 나무 중 가장 오래된 나무로 알려져 있다.

나는 왕립식물원을 다녀오는 등 며칠간 캔디에서 머문 후 다시 기차를 갈아타며 성스러운 보리수가 자란다는 아누라다푸라로 향했다. 유네스코 세계문화유산으로 지정된 도시이자 기원전 4세기부터 서기 11세기까지 스리랑카 역사에서 가장 긴 통치 기간을 가진 왕조의 이름이기도 하다. 인도에서 불교문화가 전래된 것도 이 왕조 시기에 해당한다.

나는 유적지 인근 숙소에서 첫날 밤을 보낸 후 다음 날 아침 일찍 길을 나섰다. 먼저 이수루무니야 사원으로 향했다. 고대 사원으로, 아누라다푸라 시대 주요 유적 중 하나로서 바위 동굴과 결합한 독특한 석조 사원이다. 사원을 둘러본 후 성스러운 보리수가 자라는 곳까지 걸어갈지 망설이는데 한 사내가 다가왔다.

"스타게이트에 가려는 건가요?"

고대 사원으로 즐비한 도시에서 느닷없이 SF영화에나 나올 법한 단어를 들먹이니 어리둥절했다. 그게 뭐냐고 묻자 사내는 자신이 촬영한 사진 한 장을 보여주었다. 기하학적 도형들을 바위에 새긴 지도였다. 호기심이 일었다. 나는 하루 동안 사내의 '툭툭'을 이용하기로 하고 뒷자리에 앉았다.

사내는 황금물고기 공원 근처에 주차하고 나를 숲으로 안내했다. 높이 6미터쯤 되는 화강암 바위를 마주 보며 세 여인이 앉아 있었다. 앉은자리는 돌을 깎아서 만든 좌석이었고 그 앞에 스타게이트가 있었다. 이해할 수 없는 설정이었다. 아름다운 풍광을 보기 위한 것도 아니고, 바위에 새긴 기하학 무늬를 보려고 화강암을 깎아

    Kandy, Anuradhapura

좌석까지 만들어 놓다니.

"이게 대체 뭐죠?"

나의 질문에 현지인 툭툭 기사는 영국 언론에도 나온 장소라며 기사를 꺼내 보였다. 선정적이거나 자극적 콘텐츠를 다루는 〈더 선〉이겠거니 했는데 뜻밖에도 BBC 특파원이 쓴 〈스리랑카의 '스타게이트' 미해결 미스터리〉라는 기사였다. 내용을 요약하자면 다음과 같다.

　'사카왈라 차크라야'는 1,800년 전의 것으로 추정되는 고대 유물로 거대한 화강암 표면에 새겨진 원형 부조다. 동심원과 복잡한 기하학 문양이 새겨져 있다. 스리랑카 고고학의 수수께끼 같은 유물 중 하나로 '스타게이트'라는 별칭으로 불린다. 기원과 목적은 학자들 사이에서 논란의 대상이다. 첫째, 불교의 우주론을 새겨서 교육 도구로 사용했다는 설. 둘째, 천문학 지도로서 별자리와 태양계를 나타낸다는 설. 셋째, 외계 문명과 연결된 관문 혹은 전 세계 스타게이트 위치를 표시한 지도라는 주장. 넷째, 건축가들이 도시 설계도를 새긴 것으로 보는 시각. 여러 가설과 주장이 난무하지만 이 부조에 대해서 어떤 역사 기록에도 남아 있지 않기에 여전히 미스터리에 싸여 있다.

　'사카왈라 차크라야'로 불리는 원형 지도(?)에 대해서 조금 더 자세히 설명하자면 정중앙엔 외곽으로 갈수록 점차 커지는 7개의 동심원이 있고, 가장 바깥 원형 테두리에는 물고기, 해마, 거북이, 게 등 해양 생물이 둘러싸고 있다. 그리고 수평선과 수직선 사이로 우산 무늬와 십자 무늬가 들어간 동그라미가 스무여 개 산재한다.
　나는 그 지도를 골똘히 본 후 무엇을 새긴 것인지 대략 짐작할 수 있었다. 힌트는 캄보디아 크메르인이 건설한 '앙코르와트 사원'과 티베트인이 그린 '만다라'. 두 조합으로 그림의 미스터리가 풀렸다. 오히려 풀리지 않는 건 그 앞에 화강암 좌석이었다. 대체 누구를 위한 공간이었을까?

　궁금증을 남겨둔 채 이 도시에 온 목적을 이루기 위해 성스러운

보리수가 자라는 스리마하보디 사원으로 갔다. 수령 2,300년 넘은 나무는 수명이 얼마 남지 않았는지 받침대에 가지를 기댄 채 버티고 있었다. 그리고 언젠가 닥칠 죽음에 대비해 사원에선 늙은 보리수의 DNA를 그대로 물려받은 가지를 옮겨 심은 어린나무들을 보호하는 중이었다.

생전의 부처와 직접적으로 연결된, 살아 있는 생명체를 만져볼 기회는 흔치 않다. 신비로웠다. 나는 삼매(三昧, samādhi)에 깃든 싯다르타에게 그늘을 내려주었던 보리수를 떠올리며 그 나뭇가지를 옮겨 심은 보리수를 만지고, 그 나무로부터 다시 옮겨 심은 보리수를 바라보았다. 어린 보리수는 또다시 천년을 살 것이다.

나는 궁금해졌다. 과거, 현재, 미래의 세 보리수는 같은 보리수인가, 다른 보리수인가? 나는 물었고 〈밀린다왕문경〉이 답을 던져 주었다.

밀린다 왕이 나가세나에게 물었다.

"다시 태어난 자와 죽어 없어진 자는 같습니까? 다릅니까?"
"같지도 않고, 다르지도 않습니다."
"비유를 들어 주십시오."
"어떤 사람이 불을 켠다고 합시다. 그 등불은 밤새도록 탈 것입니다."
"그렇습니다. 밤새도록 탈 것입니다."
"왕이여, 초저녁에 타는 불꽃과 밤중에 타는 불꽃이 같겠습니까?"
"아닙니다."
"그렇다면 초저녁의 불꽃과 밤중의 불꽃과 새벽의 불꽃은 각각 다르겠습니까?"
"그렇지도 않습니다. 불꽃은 같은 등불에서 밤새도록 탈 것입니다."
"왕이여, 인간이나 사물의 연속은 꼭 이와 같습니다. 생겨나는 것과 없어지는 것은 별개의 것으로 보이지만 지속(순환)되는 것입니다. 이리하여 존재는 동일하지도 않고 상이하지도 않으면서 최종 단계의 의식으로 포섭됩니다."

우리가 윤회한다면 전생, 이생, 후생도 등불의 불꽃과 다르지 않으리라.

SRI PADA(ADAMS PEAK)

스리랑카
스리파다
SRI LANKA

나인 아치 브릿지 지나 스리파다로 가는 길

나는 지금 스리랑카 남부 고원 지대에 자리한 엘라에 머물고 있다. 높은 해발고도 덕분에 적도대임에도 서늘해서 저지대 열기에 기겁한 여행자들이 도망치듯 들어와 죽치고 지내는 곳이다. 게다가 엘라 주변엔 차밭, 안개 낀 산, 폭포, 하이킹 코스 등 볼거리와 할 거리도 많다. 물론 단연 관광객을 사로잡는 건 스리랑카가 자랑하는 나인 아치 브릿지.

영국은 19세기 중반부터 실론의 산악지대에서 생산한 차를 콜롬보 항구로 운송하기 위해 철도를 놓기 시작했다. 그러나 산과 계곡 사이로 철도를 놓으려니 쉽지 않았다. 특히 엘라 인근 계곡은 더욱 험준했다. 이를 연결하기 위해 아치형 굽은 다리를 설계했지만 예상치 못한 난관을 맞닥뜨렸다. 1차세계대전이 발발했던 것이다. 영국은 다리를 놓는 데 필요한 철강을 제공할 여력이 없었다. 전하는 설에 의하면 영국인이 포기한 다리를 스리랑카 현지인이 나서서 해결했다고 자랑한다.

여튼 두 계곡을 잇는 길이 91미터, 높이 24미터 다리를 철근이나 강철도 없이 오직 돌, 벽돌, 시멘트만으로 지었다는 사실은 놀랍기만 하다. 굽은 각도만큼 내구성이 요구되는데 건설된 지 백 년이 지난 지금도 기차가 이 다리 위를 지난다. 더구나 굽은 다리 위를 기차가 지나갈 때 풍경은 거대한 뱀이 허리를 꿈틀대듯 기묘한 아름다움을 전달한다.

나는 그 모습에 반해 두 차례나 나인 아치 브릿지를 찾았다. 한 번은 걸어서, 한 번은 칼립소 트레인을 타고. 관광열차를 타고 갔을 때도 종점까지 가는 대신 다리에서 내려 언덕 위 카페 '소울'로 올라갔다. 그날의 마지막 기차가 지나갈 때까지 보고 또 보았다. 좌우로 굽이치며 앞으로 묵묵히 나아가는 열차를 보는 게 왜 그렇게 좋았는지, 어쩌면 그것이 인류의 역사처럼 보였기 때문인지도 모르겠다.

나는 엘라 명소 중 하나인 리틀 애덤스 피크를 다녀온 후, 빅(?) 애덤스 피크를 오르기 위해 다시 길을 떠났다. 헤르만 헤세는 이 봉우리를 누와라엘리야에서 목격했다.

내가 위에서 본 것은 전형적인 인도의 모습은 아니었지만, 실론 섬 전체에서 내가 받은 가장 위대하고 순수한 인상이었다. 바람이 누와라엘리야 넓은 계곡 전체를 휩쓸고 지나갔다. 나는 깊고 푸른 실론의 높은 산들을 보았다. 그 산들은 거대한 벽처럼 솟아 있었고, 그 중심에 신성한 애덤스 피크의 아름다운 피라미드가 있었다.

유럽인은 애덤스 피크(Adams Peak)라고 부르지만 스리랑카인은 스리파다(Śrīpāda)라고 부른다. 산스크리트어로 '성스러운 발자국'이란 뜻이다. 해발 2,243미터, 5,200개의 계단을 올라야 닿을 수 있는 산 정상에 발자국처럼 보이는 바위가 있기 때문이다. 길이 1.8미터, 보통 사람 발의 10배 크기다.

스리랑카에서 가장 오래된 역사서 〈마하밤사〉에선 2,200년 전 바위에서 발자국 문양을 발견한 후 '부처가 남긴 발자국'이라고 기록했다. 9세기 무렵 해상 실크로드를 따라 실론에 드나들던 이슬

람 상인들은 에덴동산에서 추방된 '아담이 남긴 발자국'이라고 주장했다. 14세기 무렵엔 힌두교도가 '시바가 남긴 발자국'이라며 순례를 오기 시작했다. 16세기에 도착한 포르투갈인은 시리아어로 쓰인 외경 〈토마스 행전〉에서 착안해 인도에서 선교하다가 순교했다고 하는 '성 토마스가 남긴 발자국'이라고 말했다.

누구의 발자국이었는지는 알 수 없다. 아무튼 종교에 상관없이 많은 이들이 스리파다를 신성시한다. 불교도든, 힌두교도든, 이슬람교도든, 기독교인이든. 그런 성산을 언제든 오를 수 있는 건 아니다. 12월 보름달 뜨는 날부터 이듬해 5월 보름달 뜨는 날까지, 순례 기간에만 허용된다. 그 후부턴 몬순에 접어들면서 잦은 비와 짙은 안개 때문에 등반을 금하기 때문이다. 현지인은 스리파다에 세 번 오르면 소원을 성취할 수 있다고 믿는다. 나도 그 산을 오를 기회가 생겼다.

세계 4대 종교로 기독교, 이슬람교, 힌두교, 불교를 꼽는다. 기독교와 이슬람교, 힌두교와 불교, 각 종교가 신성시하는 명소는 종종 겹치기도 한다. 그러나 네 종교 공통으로 신성시하는 곳은 극히 드물다. 세계 4대 종교 신도 수를 모두 합치면 65억 명, 스리파다는 현생 인류 중 약 80퍼센트가 신성시하는, 아주 독특한 산이다.

나는 엘라에서의 은둔을 끝내고 해튼으로 향하는 기차를 탔다. 스리파다로 가려면 해튼에서 다시 버스로 갈아타야 한다. 기차에서 버스로 그렇게 다시 1시간 즈음 지나 날라타니아 마을에 닿았

     Sri Pada(Adams Peak)

다. 버스에서 내리자 마치 피라미드처럼 솟은 삼각뿔 형상의 산이 보였다. 나는 차밭이 마주 보이는 숙소에 배낭을 내려놓고 나가 이른 저녁 식사를 했다. 밤새 산을 오르려면 미리 한숨 자둬야 할 테니까. 순례객들은 정상에서 '일출'을 보기 위해 통상 밤 10시~11시 무렵부터 첫 계단을 오르기 시작한다.

물론 날씨 때문이기도 하다. 해가 뜨면 기온이 급상승하고 높은 습도로 금세 옷이 젖는다. 그 상태로 수천 개의 계단을 오르는 건 쉽지 않다. 그늘도 드물다. 그래서 야간 산행하는 순례객을 위해 등산로를 따라 밤새 가로등을 밝힌다.

밤 10시 알람 소리에 잠이 깼다. 직장을 떠나 여행자가 된 후론 알람을 사용하지 않는다. 그러나 이른 아침 버스나 기차를 타야 할 때와 이런 상황에선 예외다. 헤드 랜턴과 산 정상에 닿은 후 체온을 유지할 윈드재킷을 챙긴 후 길을 나섰다. 멀리서도 피라미드처럼 솟은 산을 향해 가는 순례자와 여행객의 불빛이 보였다.

하염없이 계단을 오르고 올랐다. 초반엔 계단 높이가 한 뼘이 되지 않았다. 갈수록 높아졌다. 무릎을 쳐들어야 다음 계단에 설 수 있었다. 중간에 숙박할 수 있는 대피소가 있는 것도 아니다. 단 하루 만에 왕복 총 1만 개가 넘는 계단을 오르내려야 한다. 등반 스틱도 없이 나섰는데 어쩌지. 체력만 받쳐주면 오르는 건 문제없겠지만 내려올 때 무릎이 상하지 않을까, 걱정되었다.

    Sri Pada(Adams Peak)

아서 클라크는 스리파다를 '지구에서 가장 계단이 많은 산'으로 여겼고, 딱 한 번 올랐다. 그리고 그 경험을 바탕으로 1980년 SF 문학계의 노벨문학상으로 불리는 휴고상, 네뷸러상을 동시에 석권한 소설 〈낙원의 샘〉에서 우주 엘리베이터 플랫폼을 세울 장소로 이 산을 설정했다.

나는 5,000번 넘게 무릎을 들었다 내려놓기를 반복한 끝에 정상에 닿았다. 성스러운 발자국이 찍혀 있는 바위로 사찰이 감싸고 있었다. 나도 참배객 뒤로 줄 서서 들어섰지만, 발자국을 직접 볼 수

는 없었다. 금빛 천으로 덮여 있었기 때문이다. 참배객은 그 앞에서 손 모아 기도하거나 절한 후 뒷사람에게 자리를 비켜주었다.

사찰에서 나와 동쪽 비탈에 섰다. 스리파다 정상에 닿은 순례객들이 동굴에서 나와 아침 햇빛을 기다리는 미어캣 무리처럼 동쪽을 바라보고 있었다. 해가 뜨면 리하르트 슈트라우스의 〈짜라투스트라는 이렇게 말했다〉가 울려 퍼질 것 같은 순간이었고, 그래서 영화 〈2001 스페이스 오디세이〉가 떠올랐다.

〈2001 스페이스 오디세이〉는 SF영화 최고 걸작으로 꼽히는 명성만큼 다양한 해석이 난무하는 작품이다. 20세기 평론가들은 영화에 '모노리스와 세 차례 접촉 때마다 인류는 도약한다'고 말했다. 세 번의 접촉을 니체의 삼단 변화(낙타 - 사자 - 아이)로 해석하기도 했다. 〈짜라투스트라는 이렇게 말했다〉가 흘러나오기 때문이다.

그러나 이런 분석은 아서 클라크의 초기작 〈파수꾼 The Sentinel〉을 읽지 못한 사태로 발생한 오독이리라. 모노리스와 접촉은 세 차례지만 도약은 '지구'와 '목성'에서 두 차례다. 그래서 〈짜라투스트라는 이렇게 말했다〉는 두 번 울려 퍼진다.

20세기를 보낸 인류에게 〈2001 스페이스 오디세이〉는 이제 어려운 영화가 아니다. 아서 클라크와 스탠리 큐브릭이 공동 각본을 쓰던 시대를 주목하면 된다. 두 작가는 두 도시에 떨어진 두 개의 핵폭탄이 수십만 명의 생명을 단번에 앗아간 시대를 경험했다. 그

     Sri Pada(Adams Peak)

후로 인류는 핵폭탄 생산을 멈추는 대신 지구 전체를 초토화하고 남을 핵폭탄을 경쟁하듯 쌓았다.

핵은 '두 사람의 화두'가 되었고 '인류의 딜레마'로 확장되었다. 사피엔스 출현 이래 '도구' 발전은 늘 '무기' 발전을 동반하는 딜레마였다. 뼈 몽둥이는 '도구'인 동시에 '무기'였고, 이런 양면성은 칼, 총, 비행기, 핵 기술로 계속 이어졌다. 두 사람은 고민했다.

"인류가 20세기에 핵전쟁으로 멸종하지 않고 21세기를 맞이한다고 해도 딜레마(도구이면서 무기)가 해결되지 않으면 더 가공할 위협을 만들어낼 것이다. 다음 세대가 맞이할 위협은 무엇일까? 인류가 딜레마에서 벗어날 방법은 없는가?"

영화 초반 '뼈 몽둥이'는 지구 밖으로 날아가 '핵 장착 위성'으로 변한다. 영화의 핵심 장면이다. 두 물체 사이에 걸친 인류사는 보여주지 않는다. 도구이자 무기로 형제를 살상해 온 인류사를 다 알고 있지 않은가?

2001년 주인공 플로이드는 달의 모노리스를 조사하는 임무를 맡는다. 그 앞에서 기념 촬영을 하려는 순간, 고출력 무선 신호가 발산된다. 이 모노리스는 외계의 존재에게 '지구의 지적 생명체가 행성 밖으로 나올 만큼 과학기술이 발달했다'는 사실을 알리는 '파수꾼'이다.

Sri Pada(Adams Peak)

　다음 주인공 보우먼 선장은 달의 모노리스가 쏜 신호를 따라서 목성으로 향한다. 드디어 21세기 인류가 맞닥뜨리게 될 위협이 그려진다. 두 작가는 다음 세대가 맞이할 최대 위협을 'AI'라고 여겼다. 도구이자 무기. 우주선을 관리하던 AI(할 9000)가 반란을 일으키고, 보우먼은 간신히 AI를 물리친다.

　그 후 탐사선이 목성에 접근하면서 난해한 장면이 줄을 잇는다. 보우먼은 초차원적 공간에서 현재의 자신 – 노인이 된 자신 – 죽기 전 자신을 동시에 본다. 모노리스와 세 번째 접촉하면서 '스타 차일드'로 도약한다. 이에 대한 해석은 각자의 몫이다.

　스타 차일드, 아기 형상 때문에 해피엔딩으로 여기는 이들이 많다. 그러나 딜레마에 대한 답이 모노리스라면 비관적 결말이다. '인류 스스로 도구이자 무기라는 딜레마를 풀 가망성이 없다'는 고백이기 때문이다. 가상의 모노리스를 상상하는 것 외에 다른 희망을 찾을 수 없다는 것이다.

인류의 딜레마를 풀어줄 '모노리스'가 지구 밖에 존재할까? 그동안 인간이 사용해 온 단어로 '모노리스'를 대체하면 '신'이고 '종교'가 된다. 존재 여부를 증명할 수 없는 무언가가 우주에 있으며 그것이 인류를 구원해 주리라는 믿음.

드디어 구름장 사이를 비집고 해가 떠올랐다. 순례객들은 향을 피우고, 기도하고, 손 모아 소원을 빌었다. 자신의 소망을, 가족의 행복을, 국가의 안녕을, 인류의 평화를. 어쩌면 그 모든 소원이 모여 지구를 지탱하고 있는지도 모르겠다.

성스러운 산, 스리파다는 삼각뿔 형태다. 주변에 산과 숲이 없는 건 아니지만 스리파다의 압도적 높이 때문에 마치 평원 위에 우뚝 솟은 꼴이다. 그래서 산 정상에서 몇 걸음만 걸어도 사방을 다 둘러볼 수 있다.

햇살이 동쪽 산맥과 계곡을 황금빛으로 물들였다. 남쪽으론 울창한 숲과 루비, 사파이어 등 보석 채굴지로 유명한 계곡과 마을이 모습을 드러냈다. 북쪽으론 스리랑카 중앙고원으로 이어지는 험준한 지형이 펼쳐졌다.

Sri Pada(Adams Peak)

가장 놀라운 건 일출의 반대쪽 풍경이었다. 태양이 피라미드꼴 짙은 산그림자를 만들어냈다. 스리파다의 그림자가 1,000미터 아래 초록의 숲을 뒤덮었다. 오직 스리파다에서 일출을 맞이한 사람만이 경험할 수 있는 장면이었다.

강렬해진 햇살 아래 금방 기온이 급상승했다. 이제 하산을 해야 할 시간, 다시 5,000여 개의 계단이 기다리고 있었다. 그러나 오를 때처럼 힘들지는 않을 것이다. 나는 조심스레 계단을 내리밟았다. 그 길에서 지구를 지탱해 줄 소원을 빌기 위해 정상을 향해 하염없이 오르는 스리랑카 할머니, 할아버지와 끊임없이 마주쳤다.

스리파다는 스리랑카인의 봉정암이자 산티아고 가는 길이었다.

SPRING ROAD

한국
봄꽃 로드
KOREA
한국
봄꽃 로드

당신의 위시 리스트는 무엇입니까?

봄날이 정말 아름다운 나라를 경험했다. 남쪽 국경에 꽃이 피면 한 달 사이 갖은 봄꽃들이 북상하며 전 국토를 뒤덮었다. 바람에 꽃비가 흩날리기까지 하니 마치 천상 같았다. 하여 봄꽃 피는 속도에 맞춰 남에서 북으로 여행한 적이 있었더랬다. 내 생애 가장 아름다운 행로였다.

봄이 왔다. 그 길을 다시 가고 싶었다. 위시 리스트(Wish List)를 만들기보다 당장 해치우는 게 낫다고 여기기에 바로 실행에 옮겼다. 아 참, 봄이 가장 아름다웠던 나라가 어디냐고? 한국이다!

침낭, 매트, 외투를 차에 욱여넣고 남쪽으로 떠나 지리산 산동마을에 닿았다. 산수유나무를 갖고 시집왔던 새댁의 고향이 중국 산동(山東)이라 붙은 마을 이름이라던가? 국경을 건너온 나무는 세대를 거듭하며 새끼를 쳐 노란 꽃들이 온 마을을 뒤덮었다. 낮 동안 노란 꽃그늘 아래를 쏘다니고 해 저문 후엔 노란 눈이 내린 듯한 공원을 산책하다가 지리산에 깃들어 잠들었다, 노란 꽃비 내리는 단꿈을 꾸며.

산수유꽃을 보았으니 이제 매화를 보러 가야지. 광양으로 향했다. 섬진강 옆에 끼고 다압면으로 들어서자 매화 향기가 그윽했다. 매화마을 돌담 사잇길은 우중(雨中) 산책이 아니라 화중(花中) 산책이구나! 언덕에 올라서 내려다보면 마치 눈 내린 설경 같았다.

봄바람이 매화나무 가지를 흔들어 상춘객 옷자락 위에 향기를 얹었다. 한 해에 한 번 볼 수 있는 장관을 보고야 말리라! 몰려든 상춘객들은 꽃봉오리 벗듯 두꺼운 외투를 벗어젖히고 웃음을 터트렸다.

기상청에선 평년보다 일찍 벚꽃이 필 거라고 예고했다. 첫 벚꽃을 보리라, 진해 여좌천으로 갔다. 예정일보다 사나흘이 지났는데 봉오리만 부풀었을 뿐이네! 결국 벚꽃 꽃망울이 터질 때까지 닷새를 웅크린 채 기다려야 했다.

한바탕 봄비 지나간 후 여좌천 벚꽃이 활짝 폈다. 분홍 꽃잎이 초속 5센티미터로 하강하며 봄날의 허공을 떠다녔다. 그러다 내려앉았다. 여좌천 징검다리 위에, 수면 위에, 내 입술 위에도. 길 떠났다가 귀향한 연인을 만나 입맞춤하듯, 나는 설레고, 달아오르고, 사랑으로 차올랐다. 참 아름답구나, 당신은!

Spring Road

노란빛, 분홍빛으로 눈을 가득 채웠으니 눈이 다른 빛을 찾는다. 거제도에선 보랏빛 진달래를 볼 수 있지! 대금산에 올랐다. '쇠(金)를 생산했던 곳'이라 하여 붙은 이름이라지만 '비단(錦) 두른 산'으로 알려져 있다. 봄이 오면 마치 보랏빛 비단을 펼쳐놓은 듯했으니까.

진달래가 봉오리에서 막 빠져나왔을 땐 손가락을 갖다 대기만 해도 바스러질 듯 얇디얇은 종잇장 같다. 그래서일까? 진달래는 마치 한겨울의 감시를 피해 꼬깃꼬깃 숨겨온 봄의 밀서(密書) 같다. 봄바람이 밀서에 담긴 내용이 궁금한지 흔들다가 지나간다.

거제도에서 빠져나와 낙동강을 따라 북상했다. 작은 우박처럼 차도 위를 굴러다니는 꽃잎들. 학포 수변공원에서 남지 유채밭으로 이어지는 지방도에선 벚나무가 한껏 부풀어 오르며 하염없이 꽃잎을 뿜어댔다.

노란 물감을 뿌려놓은 듯한 유채밭에서 한나절 보내고 해 질 무렵 우포늪에 닿았다. 하늘하늘 떨어지는 꽃잎을 바라보며 술 한잔하고, 봄을 부둥켜안은 채 잠들었다.

아침에 일어나 우포늪 둘레길을 걸었다. 평일이라 인적이 드물었다. 노랑나비, 민들레, 제비꽃, 종달새를 만나면 안녕, 안녕 인사하며 걸었다. 덤불 숲을 거니는 너구리를 만나기도 했다. 왕버들 나뭇잎 돋는 소리에 귀 기울이기도 했다. 연둣빛 새순이 꽃보다 더 아름다웠다.

　한 바퀴 우포늪을 휘돌아 차로 돌아왔다. 차창을 열어놓은 채 잠깐 쉰다는 게 잠이 들고 말았네. 깨어나 얼굴을 비비는데 꽃잎으로 가득했다. 아, 이생(生)처럼 가벼워 볼에 내려앉는지도 몰랐구나!

　팔만대장경 해인사가 있는 경남 합천군으로 들어서자 벚꽃 백릿길이 이어졌다. 피고, 지며, 흩날리는 이것은 눈발인가? 꽃발인가? 부처인가?

　당신이 내 안에 피어나는 순간순간이 다 꽃이라며 타. 다. 닥. 피었다. 겨우내 끌어안고 있던 화두를 다 풀었다고 할(喝). 할. 할. 터졌다.

　해인사 지나 함양까지 꽃길이 이어졌고, 덕유산 휘돌아 북상하던 길. 요리사 한소영이 운영하는 금산의 '마당 있는 집'에 들렀다. 나들이에 진수성찬을 빼놓을 수 있겠는가! 님한 땅 힌기운데 있어서 오며 가며 금산에 들리곤 하지만, 실은 풍성하고 맛난 한정식 때문이다.

　지금은 사라진 포털사이트 파란이 이어준 인연, 이정숙 여사를 만나 술잔을 기울이는 동안 봄이 마당에서 밥풀 같은 꽃을 준비하는 박태기나무가 뜸을 들이고 있었다.

다음 날 금산 사는 벗을 대동하여 인삼 시장에 들렀다. 덕분에 좋은 인삼을 구해 경원사 효림스님께 전한 후 대전으로, 한국항공우주원에 근무하는 신명호 박사네 집을 찾아갔다. 내가 '로켓 박사'란 별명으로 부르는 그는 복잡하고 난해한 천체물리학과 우주과학 기술을 참 쉽게 설명해 준다.

달 탐사, 화성으로의 여행, SF 영화, 신 박사의 아내 이소연(한국인 최초 우주인과 동명이인이라니!)이 우리의 핑퐁 대화를 바라보며 깔깔 웃음을 터트렸다. 밤새워 우주에 관한 이야기를 나누고 싶었다. 그러나 아침 일찍 고성 나로우주센터로 출장 갈 사람을 붙잡고 있을 순 없는 법.

잠들기 전, 나는 조동흠의 시 〈우주〉를 떠올렸다. 집 우(宇), 집 주(宙).

우주라는 말
얼마나 안심이 되는 말인가
집 하나 없이
거리를 떠돌아도
모든 존재는 돌아갈 집이 있다는 말
그 말
우주

대청호 벚꽃길을 지나 경북 문경 유수산장(流水山莊)으로 갔다. 주인장 이용탁 선생은 의정부 농장에 있는 양이 새끼를 낳는 바람에

급히 자리를 비운 터, 빈 산장에 객이 깃들었다. 바람이 처마 끝 풍경(風磬)을 흔드는 동안 소리 없이 매화가 피고 진달래가 번졌다. 이용탁 선생에게 소식을 전했더니 그가 물었다.

“그새 꽃이 폈다고?”
“하하하, 내가 남쪽에서 데리고 왔지요!”

유수산장 처마 밑 풍경을 봄바람이 간지럽히는 새벽녘까지 바라보다가 다시 길을 나섰다. 강원도 대관령을 넘을 즈음 아내가 메시지를 보냈다. “드디어 벚꽃이 폈어!” 속초의 집에서 나설 때 언제쯤 돌아오냐는 그이에게 던진 대답이 떠올랐다.

“저기 벚나무에 꽃이 필 때 즈음 돌아올게!”

한국 최북단 해안 도시 속초에 닿았다. 속초는 남아메리카 대륙 최남단 도시들을 닮았다. 안데스 설산을 닮은 울산바위, 빙하가 녹아 생긴 호수 같은 영랑호, 은화처럼 반짝이는 동해 마치 파타고니아의 푼타아레나스, 엘 찰텐, 우수아이아 같다.

벚나무 아래서 아내를 만났다. 조수석에 그이를 태우고 함께 길을 나섰다. 영랑호엔 벚꽃이 활짝, 분홍빛 테두리 두른 호수변을 따라 나들이객이 가득했다. 봄꽃이 국경을 넘기 전 작별 인사를 나누려면 서둘러야겠구나.

아내 오른쪽에 바다를 앉히고 북상했다. 고성 가진리를 지나 송죽교를 건너며 바다를 바라보았다. 내가 좋아하는 솔숲이 있는 곳이었다. 서울에서 속초로 이사 온 후, 처음 그 숲에 들어섰을 때를 기억한다. 해안선을 따라 2킬로미터에 달하는 솔숲이었다. 아름다웠다.

그리고 안타까웠다. 동해와 솔숲 사이를 철조망이 가로막고 있었으니까. 그랬었는데 어? 바다 쪽이 훤했다. 설마? 핸들을 꺾어 반암 솔숲으로 난 오솔길로 들어섰다. 철조망을 걷어내고 자유로이 풀어놓은 바다가 함성을 지르듯 출렁였다.

주차하고 나오니 해변에 낯선 외국인들이 이상한 장비를 트렁크에서 꺼내고 있었다. 인사를 건넸다. 헬로!

갑작스런 인사에 두 사람은 조심스러운 표정을 지었다. 왠지 감시꾼이 아니라는 걸 먼저 밝히는 게 좋을 듯했다. "내 이름은 로, 여행 중이야!" 두 사람 표정이 편해졌다.

"근데 그 장비는 뭐니? 혹시 금속 탐지기니?"
"응."
"여기서 뭘 찾으려고?"
"한국전쟁 흔적과 북한에서 떠내려온 물건을 찾아. 오늘은 보물을 발견했어."

바르트와 아르트는 해변에서 주운 녹슨 탄피와 북한에서 생산된

과자 포장지와 음료수 페트병을 보여주었다. 한국에서 장기체류하면서 취미 삼아 시작한 작업이라고 했다.

"이런 물건을 주울 때면 상상하곤 해. 페트병 속에 들었던 음료수는 누가 마셨을까? 아이가 마셨을까, 할머니가 마셨을까? 북한은 남한에서 가깝고도 먼 나라야. 정치에 대헤선 잘 모르지만, 남북한 사이에 완전한 평화가 이뤄지면 좋겠어."
"너희는 남북통일이 될 거라고 생각하니?"
"남한 청년들이 의외로 통일에 대한 바람이 적은 걸 경험하면서 좀 놀라웠어. 분명 남북이 돕고 함께 발전하면 훨씬 더 놀라운 나라가 될 텐데. 통일 한국? 아, 상상만 해도 멋져!"

바르트가 유튜브에 올린 동영상에 따르면, 친구가 평양의 김일

　　　　　　　　　　　　　Spring Road

성 대학에서 언어연수를 했는데 북한 청년들이 남한에 대해 무척 궁금해하더라고 알려주었다.

"특히 남북정상회담이 열렸던 2018년의 남한 분위기가 어땠는지 자주 물었어. 남한에 대해 얼마나 궁금해하고 긍정적으로 생각하는지 알 수 있었지. 남한을 찍은 사진도 보여달라고 했어. 직접적 교류는 어렵고 사진을 보지 못하니 남한이 어떤지 상상하기 어려운 거지. 사진을 보면서 무척 행복해하더라. 우와! 이게 우리나라야?"

북쪽 국경엔 개나리, 목련, 벚꽃이 나보다 먼저 도착해 있었다. 통일전망타워에 올라 DMZ 건너 북쪽을 바라보았다. 나는 아프리카 대륙을 떠나 해 뜨는 동쪽으로, 남아메리카 대륙 아래 파타고니아까지 갔다가 더 이상 갈 곳 없는 바다와 마주친 인류의 심정이 되었다. DMZ는 차갑고 거친 바다 같았다. 쇄빙선으로 뚫고 가야 닿을 수 있는 남극 같았다.

"당신과 하루라도 더 있고 싶어서 남쪽으로 마중 나가 지금껏 함께 다녔는데 이제 당신을 따라갈 수가 없어. 당신은 원산에서, 청진에서, 백두산에서도 봄꽃을 피우겠지."

봄꽃과 연두는 철조망 넘어 북상하고 나 홀로 뒤에 남았다. 나는 그만 울음이 터지고 말았다. 엉엉 서럽게 우는 내 모습을 걸음마 늦은 목련 봉오리가 측은하다는 듯 바라보았다.

유목민의 DNA를 갖고 태어난 이 땅의 여행자들은 꿈꾼다. 자신의 차를 몰고 북녘땅을 지나 두만강과 압록강 다리 건너 중국으로, 러시아로, 그리하여 유럽으로, 아프리카로 띠니는 긴 여정을. 물론 지금도 내 차를 타고 유라시아 대륙을 여행할 방법은 있다. 러시아 블라디보스토크까지 '선박'에 차량을 싣고 간 후 여행하는 법.

근데 한국이 섬나라도 아닌데 언제까지, 왜 그래야 하지?

해외(海外)라는 말이 있다. 바다 해, 바깥 외. 주로 다른 단어와 합쳐 쓰인다. 해외여행, 해외진출, 해외문물, 해외연수 등. 타국과 육

　　　　　　　　　　　　　　　　　　

지가 잇닿지 않는 섬나라에서나 쓸 단어다. 그런 어휘를 한국인이
쓴다. 일제강점기에 이식된 어휘일 수도, 광복 후 일본어 서적을 번
역하면서 넘어왔을 수도 있으리라.

한반도는 섬이 아니다. '해외'라고 할 게 아니라 '국외(國外)'라고
해야 옳다. 국외여행, 국외진출, 국외문물, 국외연수. 그런데도 한
국인이 여전히 '해외'를 널리 사용하는 건 DMZ가 또 다른 이름의
'바다'이기 때문일까?

언어는 존재의 집, '해외'가 우리의 의식을 가두기 전 우리가 먼저 '해외'라는 철조망을 걷어내야 하리라.

지구 끝까지 다녀온 내게도 아직 해치우지 못한 채 남은 '위시 리스트'가 있다. 어느 날 피기 시작한 봄꽃의 뒤를 좇아 북상하여 원산을 지나, 청진을 지나, 개마고원 넘어 유라시아 대륙 건너 핀란드까지 간 후 지구에서 가장 거대하고 영롱한 꽃, 오로라를 보는 것!

AUTUMN ROAD

한국
단풍 로드
KOREA

단풍이 물드는 속도, 초속 30미터!

우리 인간의 눈 속엔 가시광선을 인식하는 원추세포가 있다. 빨강, 파랑, 초록 원추세포마다 100개의 색을 구분하고, 세 가지 원추세포들을 모두 곱하면 총 100만 가지의 색을 구분할 수 있다.

그러나 현 인류 중 약 3억 명가량은 일곱 색 무지개를 구분하지 못한다. 원추세포 이상 때문이다. 적록 색맹인 사람에게 붉은색도 갈색, 녹색도 갈색으로 보인다.

2008년이었다. 도널드 맥퍼슨은 레이저 수술용 보안경을 개발하던 중 재미 삼아 친구에게 써보라고 했다. 적록 색맹이던 친구가 '초록색 잔디'에 놓여 있던 '빨간색 러버콘(주차콘)'을 보며 말했다.

"오잉! 빨간 러버콘이 보이네!"

여기서 아이디어를 얻은 도널드 맥퍼슨은 7년간의 연구 및 개발

끝에 색각보정용 안경을 출시했다. 그가 만든 안경을 처음 쓴 색각 이상 장애인들은 말을 잇지 못했다.

"오, 마이 갓!… 세상에, 세상에…"

생애 처음으로 만난 총천연색의 세상! 그들은 감탄사에 이어 북 받치는 눈물을 터트렸다. "저녁 노을이 이토록 붉다니!", "전나무숲 이 이토록 푸르다니!" 친구들로부터 색각보정용 안경을 선물 받은 프란시스는 대학 캠퍼스에서 눈물을 흘리며 소리쳤다.

"세상에나, 단풍잎이 이토록 붉다니!"

내 친구 아내의 고향은 베트남이다. 한국에 온 그녀에게 물었다. "한국에 오면 가장 보고픈 게 무엇이었나요?" 나의 질문에 즉각 답 이 돌아왔다. "단풍이요!" 경복궁이나 강남 같은 장소를 댈 줄 알 았는데, 뜻밖이었다. 그러나 내 경험을 되돌아보면 한편 이해가 되 었디.

인도차이나 반도를 여행하던 내내 만났던 산과 숲과 가로수는 한결같이 초록이었다. 동남아시아를 떠돌다가 2년 만에 귀국했을 때, 다시 만난 한국의 가을은 얼마나 아름답던가! 빨강, 노랑, 주 황 등 색색으로 나뭇잎이 물든 산과 숲의 풍경은 신비 그 자체였으 니까.

남쪽에서 먼저 피고 북상하는 봄꽃과 반대로 가을 단풍은 북쪽에서 먼저 물들고 남쪽으로 내려간다. 초속 30센티미터, 백두산을 먼저 물들인 후 차츰 남쪽으로 내려오는 단풍과 동행하기로 했다.

남한에서 첫 단풍이 물드는 설악산. 사람들은 백담사, 신흥사, 오세암을 비롯해 천불동, 비선대, 토왕성 폭포를 즐겨 찾는다. 기괴한 암석과 어우러진 단풍이 탐방객의 혼을 쏙 빼놓기 때문이다.

설악산 흘림골로 향했다. 오색에서 주전골까지 이어지는 일방 등산로지만 곳곳에서 정체 구간이 발생한다고 했다. 단풍관광버스가 도착하는 시간과 겹치면 사진 찍을 여유도 없을 게 뻔했다. 새벽에 집을 나와 아침 8시에 탐방로에 들어섰다. 하염없이 산을 올라 등선대 앞 갈림길에 닿았다. 한 아이가 더는 못 오르겠다며 부모님께 투덜대고 있었다. 전망대서 내려오던 등산객이 아이를 향해 말했다.

"얘야, 저길 안 보고 가면 후회할 거야!"

돌계단과 철계단을 지나 등선대 전망대 위에 섰다. 활엽수들이 부피를 줄인 탓인지 공룡 뿔 같은 바위들이 더 도드라져 보였다. 설악산 서북 능선과 동해, 한계령휴게소도 내려다보였다. 그렇게 절경을 누리느라 전망대에서만 2시간을 보내고서야 내려가려는데 바람이 모자를 벗겼다. 한 번 더 보고 가란 뜻이겠지.

Autumn Road

단풍 물들 때마다 설악산을 다녔지만 매번 감탄한다. 조물주가 바위, 나무, 폭포들을 잔뜩 주고 내 마음대로 산을 한번 만들어보라고 한다면, 지금의 설악보다 더 아름답게 만들 수 있을까? 나는 자신이 없다. 바위, 숲, 폭포를 옮길 힘과 기회를 준다고 하더라도 손 놓고 현재의 설악산 풍경을 누리리! 설악산은 이대로 완벽한 산이다. 인간이 케이블카를 놓는 등 망치지만 않는 한.

설악의 단풍을 만났으니 이제 한 걸음 더 남쪽으로, 강릉에 들렀다. 짜이(인도식 밀크티)를 마시러 갔다. 길가에 차를 세우고 가게 문고리를 비틀었다. '이런, 잠겼구나!' 그때 등 뒤에서 누군가가 말했다.

"가게 주인이 결혼식 가서 한 시간쯤 지나야 올 겁니다."
그랬는데 운이 좋았던지 곧 주인장이 나타났다. 짜이 파는 '명주상회' 주인장이자 〈내가 좋아하는 것들, 강릉〉의 저자이기도 한 이정임 작가가 짜이를 달여주었다. 찻잔을 끌어안고 맛을 음미했다. 인도 갠지즈의 햇볕 맛이 났다. 히말라야의 바람 냄새가 났다. 시린 손도, 마음도 녹았다. 일어서려는데 이정임 작가가 물었다.

"정암사 가는 길이면 두엄 스님께 짜이 팩을 좀 전해줄래요?"

가을비 부슬부슬 내리는 삽당령을 넘었다. 직사광선 대신 뽀얗게 내려앉은 구름이 비추는 반사광에 단풍 물든 나무의 색이 더욱 선명했다. 빨강, 주황, 노랑, 초록 제각각 다른 색으로 꼿꼿한 자태를 드러냈다. 하아, 정말 아름답구나!

정선, 사북, 고한 지나 정암사에 도착했다. 자장율사가 부처님 진신사리를 받아 귀국한 후 서기 645년(선덕여왕 12년)에 창건한 사찰. 오랜만에 뵌 두엄 스님께선 함백산을 보여주겠다고 했다. 정상으로 오르는 사이 안개가 단풍으로 빨갛고 노랗게 물든 산 위로 마구 치솟았다. 장관이었다. 두엄 스님, 이 안개들은 모두 어디로 가는 걸까요?

일찍 잠들었다가 새벽 도량석 소리에 잠이 깼다. 사찰의 법고 소리, 종소리가 경기도 파주 보광사에서 보냈던 한때를 떠올리게 했

                                                    Autumn Road

다. 효림 스님, 봉문 스님께서 머무는 처소 곁에서 여름, 가을, 겨울을 보냈더랬지.

하루는 입 다문 수구암(守口庵)이 너무 고즈넉해서 풍경 하나 사서 처마 밑에 달았더랬지. 보름달이 뜬 밤, 풍경소리에 홀려 마당을 어슬렁거리곤 했지.

가을밤 산사 대웅전 위에 보름달 떠오른다
소슬한 바람 한 자락에도 풍경소리 맑아라
때로는 달빛 속에서 속절없이 낙엽도 흩날리고
때로는 달빛 속에서 속절없이 부처도 흩날린다
삼라만상이 절로 아름답거늘
다시 무슨 깨우침에 고개를 돌리랴.
밤이면 처마 밑에 숨어서
큰 스님의 법문을 도둑질하던 저 물고기
보름달 속에 들어앉아 적멸을 보고 있다.

이외수 작사, 이남이 곡 〈풍경〉을 처음 들은 것도 그 시절, 그 암자에서였다. 낙엽도, 바람도, 달도, 물고기도, 나와 너도 부처임을 안다면, 다시 무슨 깨우침이 필요하겠는가! 오도송 같은 이 가사를 쓴 이외수 선생님은 지금은 어느 행성의 달 속에 가부좌를 틀고 앉아 있을까?

이제 내리던 비도 그쳤고, 정암사의 국보 수마노탑도 보았으니

정선으로 가자! 두엄 스님께 인사드리고 동강을 휘휘 돌아 몰운대 앞에 차를 세웠다.

'꽃가루 하나가 강물 위에 떨어지는 소리가 엿보이는 그런 고요한 절벽' 몰운대를 황동규 시인과 더불어 뭇 시인들은 '세상의 끝' 혹은 '사랑의 발원지'로 묘사하곤 했더랬지. 그런데 여러 차례 몰운대를 방문한 이들도 박찬욱 감독의 2022년 깐느 영화제 감독상 수상작 〈헤어질 결심〉의 촬영지라는 것을 눈치채지 못하더라.

〈헤어질 결심〉에서 눈 내리는 깊은 밤, 해준(박해일)과 서래(탕웨이)가 바위 사이를 비집고 나오던 곳이 강원도 정선 몰운대다. 영화 속 고사목이 서 있던 절벽 끝에 섰다. 서래가 산오(박정민)의 마음을 알아채고 해준에게 전했던 말을 떠올린다.

"이 여자, (산오가) 죽을 만큼 좋아한 여자네!"

강력계 형사 해준이 쫓는 질곡동 사건의 범인 산오는 수수께끼 같은 여자 서래의 마음을 읽을 수 있는 거울이다. 산오와 마찬가지로 서래는 사랑 앞에서 타인의 견해, 법률적 심판, 자신의 죽음조차 개의치 않는다. 하여 산오가 연인에게 전해달라고 부탁했던 마지막 유언은 서래가 침묵으로 삼킨 말이 된다.

"너 아니었으면 내 인생 공허했다."

홀로 떠난 여행, 단풍이 동행하지 않았더라면 문경 가는 길이 공허했으리라. 물드는 한국의 가을 산하를 제대로 보려면 차량 내비게이션 모드를 '무료도로'로 해두는 게 좋다. 국도와 지방도를 지나는 동안 빨갛게 감이 익고 노랗게 은행나무 물드는 낮은 지붕의 마을을 보게 되리라. 지나는 차량을 하염없이 바라보는 노인들을 보게 되리라. 그러다 고향에 계신 부모님이 떠올라 눈앞이 흐려지면, 잠시 쉬었다 가는 거지. 눈가가 붉어진 건 단풍 때문이라며.

문경 유수산장 이용탁 선생은 이번에도 출타 중, 객이 홀로 깃들었다. 커피를 내린 후 산장 테라스에 앉았다. 주흘산이 노랗게 물들고 있었다. 윈드 차임이 영롱한 소리를 냈다. 그 옆엔 물고기 풍경이 매달려 있었다.

유수산장 처마 밑 물고기는 '종심소욕불유구(마음 가는 대로 하여도 법도에 어긋남이 없다.)'에 이른 주인장의 법문을 훔쳤으려나? 하루 내내 새파란 하늘을 헤엄치던 물고기가 저녁놀에 타오르며 적멸에 드는 가을 낙엽을 물끄러미 바라보았다.

하룻밤 사이 주흘산 단풍이 아래로 더 내려왔다. 단풍은 높이로 는 하루 50미터씩 내려온다던가? 아침 커피를 마시는 동안에도 나 무들이 차츰차츰 물드는 듯했다.

다시 길을 떠났다. 경남 합천으로 들어서며 이곳 출신 SJ디자인 심보배 대표가 했던 말을 떠올렸다. "운석구를 보려면 대암산 패러 글라이딩장으로 올라가세요!"

저물녘 초계면을 지나 가파른 산길을 올랐다. 추락방지턱도 없는 낭떠러지 옆길이라 물든 단풍을 쳐다볼 틈도 없었다. 공터에 차를 세우고 대암산 정상에 섰다. 발아래 거대한 분지가 한눈에 들어왔다. 마치 공상과학영화 속 풍경 같았다.

5만 년 전 대기권을 통과한 유성이 지구와 충돌했다. 운석 충돌 후 생긴 거대한 구덩이는 호수가 되었다. 긴 세월이 흐르는 동안 물길이 생겼고 담수가 빠져나갔다.

그 분지에 터 잡고 살던 사람들은 마을을 빙 두른 산봉우리마다 이름을 붙였다. 천황산, 미타산, 대암산, 오봉산…. 그로부터 오랜 세월이 지나서야 밝혀졌다. 경남 합천 분지는 운석 충돌로 생긴 거대한 크레이터(Crater)였다.

움푹한 분지, 아니 운석구 안으로 어둠이 고이기 시작했다. 그 풍경을 볼 수 있는 대암산 정상엔 나 외엔 아무도 없었다. 까마귀 떼만이 고목을 빙빙 돌며 날아다녔다. 고립무원의 밤, 하산도 여의찮았다. 차 안에서 자기로 채비하고 침낭을 폈다. 열어둔 선루프 창 너머로 오리온, 카시오페이아, 북두칠성, 페르세우스, 시리우스가 지나갔다. 별이 선명하게 보이는 밤이었다.

아침에 일어나니 안개가 합천 분지를 뒤덮고 있었다. 마치 태초의 어느 시간으로 되돌아간 듯했다. 이제 이번 가을 여행의 최종 목적지, 창원으로 가자!

　남쪽의 길도 색색으로 물들었다. 낙동강 지나며 나는 크리스 마이어를 떠올렸다. 캐나다 출신 설치예술가인 그는 낙동강의 소리를 녹음하고 싶어 했다. 지난여름 그와 함께 자전거를 타고 강변을 달렸더랬다.

　한국을 떠나기 전 그는 자기 작품을 남겨두었다. 창원에 도착하자마자 조각비엔날레가 열리는 성산아트홀로 갔다. 제6전시실에 크리스 마이어의 작품이 있었다. 방 안을 흐르는 강물 소리 들으며 그가 내게 들려준 얘기를 떠올렸다.

　"강물에 녹음기를 내리고 들으면 많은 소리가 들려. 동물, 식물, 물방울 터지는 소리, 엔진 소리, 기계 소리…. 자연지대와 공장지대의 소리가 제각각 다르지. 낙동강도 각 지점마다 다른 소리를 낼 거야. 그 소리를 녹음하고 싶어. 강물이 내는 소리조차 인간과 무관하지 않아."

　전시 작품을 차례, 차례 관람했다. 베니스 비엔날레 한국관 대표 작가로 선정되었던 김윤칠 작가의 신작 〈태양들의 먼지 Ⅱ〉가 시선을 단숨에 사로잡았다. 지금껏 경험한 적 없는 독특한 작품이었다. 전력이 공급되는 한 무한의 그림이 그려지는…, 충격 때문에 좀처럼 발을 옮길 수가 없었다.

　간신히 정신을 차리고 발길을 돌렸다. 이어서 또 다른 충격에 휩싸였다. 윈도 블루스크린 화면으로 뒤덮인 조형물이었다. 3D로 제작한 2,700 프레임의 동영상 중 한 프레임을 조각품으로 입체화한

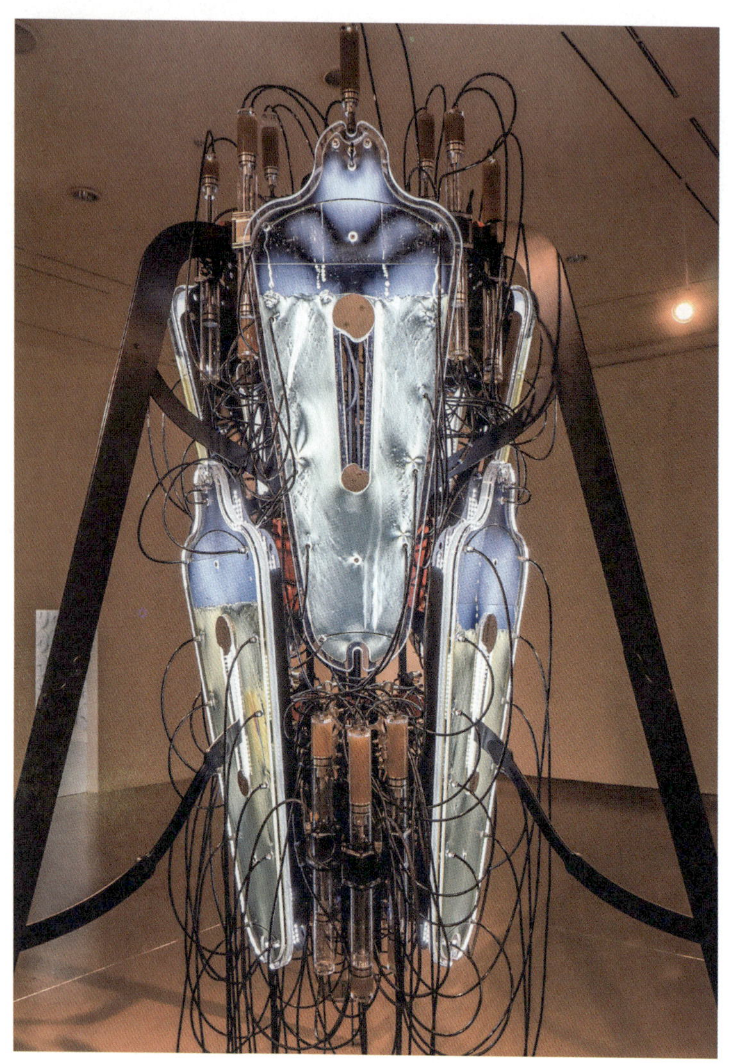

이용백 작가의 'NFT 박물관(생각하는 사람)'. 이어지는 이완, 목진요, 노진아, 배성미….

예술작품들이 낯설고도 다채로운 세계로 나를 이끌었다. 자연계에선 가을이 하는 일을 인간계에선 예술이 하는구나! 다채로운 빛의 세상.

1960년대 롤링 스톤스는 '다채로운 빛의 세상을 막으려는 자'들에 대한 반감을 반어적으로 노래했다. 〈Paint It Black 까맣게 칠해〉

네 빨간 문을 보니, 검게 칠하고 싶어
색깔은 더 이상 없어, 모두 검게 변했으면 해
여름옷을 입은 소녀들이 지나가는 걸 봐
내 어둠이 사라질 때까지 고개를 돌려야 해

모든 걸 죽은 이의 관처럼 새까맣게 칠하는 자들이 만들려는 세상은 무채색이거나 (그들이 강요하는) 단 한 가지 색이다. 세계의 다양성을 보지 않으려는 자들이 저지르는 짓과 주장을 들을 때마다, 나는 한 가지 색채밖에 볼 수 없었던 사람들이 색각이상 보정 안경을 쓰던 순간을 떠올린다.

그들이 감동했던 이유는 우리를 둘러싼 세상이 수많은 색채로 이루어져 있기 때문이었다.

Autumn Road

EPILOGUE

나는 어디로 가려고 여행하는 게 아니라,

단지 가려고 여행한다.

- 로버트 루이스 스티븐슨

I travel not to go anywhere,

but to go

- Robert Louis Stevenson

긴 여행을 할 때면 R. L. 스티븐슨의 말이 떠오르곤 했어요.
아마도 내가 그의 말에 전적으로 동감하기 때문이겠지요.

어떤 여행자에겐, 명소 같은 장소가 크게 중요하지 않아요,
그의 목적지는 '어디'가 아니라 '단지 가려는 것'이 동력이기에

그런 방랑자에게선 '관광으로서 관심'이란 군살은 쏙 빠지고,
오직 이동의 본능만이 쇄골이나 갈비뼈처럼 도드라지지요.

돌아보면 지금껏
이동의 쾌감만큼 나를 사로잡은 게 없었답니다.

열다섯에 처음 집 나가 지리산, 주왕산으로 가던 길 위에서도
스물여섯에 영국 런던을 출발, 한국까지 유라시아를 횡단할 때도
인도차이나의 산과 바다와 도시를 훑고 다니던 길 위에서도….

이동의 쾌감에 황홀해질 때면 그 얘기를 떠올리곤 했어요,
순록은 어미의 배에서 나온 시간부터 죽는 순간까지 이동한다고.
내 혈관 속엔 한때 순록이었던 전생이 깃들어 있는 걸까요?

21세기에도 아시아는 여전히 모험으로 가득한 땅입니다.
이동의 쾌감에 눈뜨는 이들에게 수많은 경험을 안겨주는 세계.
걷고, 타고, 보는 숱한 체험이 당신의 영혼을 채워주리라 믿으며
작가이자 배우인 제이미 린 비티(Jaime Lyn Beatty)가 했던 말을
전합니다.

일들이 당신의 주머니를 채워준다.
그러나 모험은 당신의 영혼을 채운다.

Jobs fill your pocket,
but adventures fill your soul.

걸어가자 아시아
처음 약속한 나를 데리고

초판 1쇄 발행 2026년 2월 12일

지은이 노동효

펴낸이 김명숙
교정 정경임
펴낸곳 나무발전소
디자인 ALL design group

주소 03900 서울시 마포구 독막로 8길 31, 701호
이메일 tpowerstation@hanmail.net
전화 02)333-1967
팩스 02)6499-1967

ISBN 979-11-94294-23-8 03810